천재 셰프 회귀하다

천재 셰프 회귀하다 5

2024년 4월 18일 초판 1쇄 인쇄
2024년 4월 23일 초판 1쇄 발행

지은이 신사
발행인 김관영

기획 박경무 강민구 임동관 조익현 최시준 신정윤
책임편집 백승미
마케팅지원 유형일 장민정

발행처 (주)로크미디어
출판등록 2003년 3월 24일
주소 서울시 마포구 마포대로 45 일진빌딩 6층
Tel (02)3273-5135 **Fax** (02)3273-5134
홈페이지 rokmedia.com **E-mail** rokmedia@empas.com

값 9,000원

ISBN 979-11-408-2149-5 (5권)
ISBN 979-11-408-2144-0 04810 (세트)

ROK
MEDIA
로크미디어

신사 현대 판타지 장편소설

천재 셰프 회귀하다

5

Contents

갑작스러운 제안

도진은 성은준의 갑작스러운 제안에 놀랄 수밖에 없었다.

전혀 예상치 못한 말이었다.

기껏해야 지난번 자신의 태도에 대해 사과 정도라고 생각했지만, 성은준의 말은 도진의 예상을 완전히 벗어났다.

도진은 그의 말을 도무지 이해할 수 없었다.

그래서 되물었다.

"왜 제가 그쪽이랑 일해야 하죠?"

성은준은 생전 처음 들어 보는 듯한 질문을 들은 사람 같은 표정이 되었다.

"나랑 일하기 싫어요?"

그 모습에 도진은 기가 찬 듯 헛웃음을 지으며 다시금 물었다.

"제가 그쪽이랑 일하면 좋은 점이 있나요? 게다가 전 아직 아틀리에 소속이기도 하고…….

도진의 말에 성은준은 자신이 실수했다는 듯 아차 하는 표정으로 설명하기 시작했다.

"아틀리에 계약 끝나면 따로 계획이 있나요? 없다면 저희 가게에서 같이 일했으면 합니다."

성은준은 현재 자신의 이름을 걸고 운영하는 가게에는 또 다른 동업자가 한 명 더 있다며 운을 띄웠다.

"저는 방송 출연 때문에 가게를 비우는 일이 잦아, 그 친구가 수 셰프로서 가게 경영이나 운영을 도맡아 하는데…….

아무래도 근래에 들어 하루 종일 근무하는 것이 힘에 부치는지 오프닝 수 셰프를 구해 달라고 했다는 것이다.

아틀리에와는 두 시즌만 계약했다고 알고 있으니, 그 계약이 끝나면 같이 일하자는 자신의 얘기를 듣고만 있는 도진의 모습.

도진이 잠시 고민하는 사이, 눈치를 보던 성은준은 원하는 조건이 있으면 얼마든지 맞춰 주겠다고 말하며 마지막으로 말을 덧붙였다.

"혹시나 당신 계약이 끝난 뒤에, 어디서 일해야 할지 몰라서 우왕좌왕할까 봐 특별히 기회를 드리는 겁니다."

새침한 표정으로 말하는 성은준의 모습에 도진은 이제야

지난 촬영 당시 봤던 그의 모습이 보이는 것 같았다.

'그래. 이래야 내가 봤던 성은준이지.'

자신이 졌다는 사실에 분한 모습을 감추지 못하는 자존심 세고 도도한 어린애.

도진이 본 성은준은 딱 그런 느낌이었다.

조금 전처럼 자신의 말에 구구절절 설명하는 그의 모습은 도무지 낯설었다.

저도 모르게 웃음이 터진 도진은 손으로 얼굴을 가린 채 킥킥거리며 웃었다.

그 모습을 본 성은준은 도진의 반응이 긍정적으로 받아들이겠다는 뜻인 줄로 오해했고…….

자신만만한 얼굴로 말했다.

"방송 촬영이 없는 날에는 저도 같이 일할 겁니다."

그 말에 도진은 그제야 정말로 할 말을 잃었다.

자신과 일하는 게 큰 메리트라도 되는 양 말하다니.

저만큼 자존심이 센 양반이 자기보다 어린 자신에게 졌다는 사실이 얼마나 분했을지.

아무 말 없이 자신을 바라보기만 하는 도진을 본 성은준이 의아하다는 듯 물었다.

"왜 아무 말이 없어요? 그래서 할 거죠?"

재촉하듯 물어 오는 그의 모습에 두통이 오는 듯한 기분을 느낀 도진은 다가오려는 성은준을 향해 손을 뻗으며 말했다.

"잠깐만요. 일단 생각할 시간을 좀 주세요."

당장이라도 대답을 받아 내기 위해서 무슨 짓이라도 할 것 같은 표정을 지으며 따라오던 성은준을 간신히 떨쳐 내고 집으로 돌아온 도진은 한숨을 크게 푹 내쉬었다.

도대체 그의 생각을 알 수 없었기 때문이다.

'냉장고를 보여 줘!'의 촬영 당시 성은준은 촬영 초반부터 도진에 대한 불편한 심리를 드러냈다.

표정은 열심히 숨긴다고 숨겼지만, 사사건건 그의 인터뷰 도중 태클을 건다든지, 차마 숨기지 못한 적대감이 가득한 눈빛으로 도진을 바라본다든가 하는…….

촬영 마지막까지 자신에게 졌다는 사실이 못내 분했는지 얼굴을 붉으락푸르락하며 몇 번이고 자신에게 무언가를 말하려던 그의 모습이 아직 눈앞에 선연했다.

그랬던 그가 도대체 무슨 심경의 변화가 있었기에 손바닥 뒤집듯 이렇게 태도를 바꿀 수 있었을까?

오늘 만난 성은준은 한 마리의 순한 양이 따로 없었다.

끝나고 얘기하자는 말에 남윤희와의 통화가 끝날 때까지 얌전히 기다리고 있는 건 물론이고 자신이 마음에 안 드냐며 묻기까지.

게다가…….

"나랑 같이…… 우리 가게에서 일했으면, 좋겠습니다."

의미를 알 수 없는 제안까지.

물론 도진의 입장에서는 성은준의 제안이 당장 반가울 수밖에 없었다.

아틀리에의 셰프로서 두 시즌을 보냈다곤 하지만 그것만으로는 아직 부족했다.

그렇다고 아틀리에의 계약을 연장할 생각은 없었다.

그건 애당초 최석현이 '아틀리에'를 만든 목적과 너무 멀어질뿐더러, 만약 된다고 하더라도 그렇게 되면 지금 당장.

자신이 계획하는 일을 할 수 없었기 때문이다.

도진은 지금이 가장 적기라고 생각했다.

아틀리에와 다큐의 화제성을 등에 업은 지금.

'지금이야말로 투자자를 찾기에는 가장 좋은 시기지.'

아틀리에의 객원 셰프는 좋은 경험이 분명했지만, 도진은 그 덕에 한층 더 '나의 가게'를 가지는 것에 대한 열망이 커졌다.

하나부터 열까지 모두 제 손으로 직접 만든.

마치 전생의 그 파리 13구 작은 소극장을 성공적으로 탈바꿈시켰던 그때처럼.

그러기 위해서는 투자자가 필요했다.

혼자서 가게를 차린다는 건 금전적으로 너무 큰 부담이었다.

당장에 어찌어찌 가게를 차릴 수는 있더라도, 당장 초반에 가게가 안정기에 들어서기까지 생각보다 많은 돈이 들었다.

그렇기에 도진은 전생의 마그레와 같은 투자자를 찾고자 했다.

그리고 그런 '투자자'를 찾기 위해서는 누구나 군침을 흘릴 법한 투자 계획서가 필요했다.

도진은 아틀리에의 계약이 끝나면 본격적으로 투자 계획서를 작성하고자 했다.

하지만 그렇다고 전면으로 일을 쉴 수는 없었다.

도진에게는 본격적으로 경력이라고 말할 만한 것이 '아틀리에'의 반년밖에 없었다.

하나의 레스토랑에서의 반년밖에 안 되는 경력은 투자자에게 쉬이 믿음을 주지 못할 수 있었다.

보여 주기식으로라도 적당한 책임감으로 일할 수 있는 적당한 근무 시간을 통해 조금이라도 더 경력을 쌓을 수 있는 곳이 필요했다.

그렇기에 지금 당장.

성은준의 제안은 도진의 구미를 당길 수밖에 없었다.

물론 그 제안을 한 게 성은준이 아니었다면 더 좋았을 테지만.

'그냥 순수한 의도로 제안했을 수도 있는 거니까, 일단 알

아보기나 할까?'

책상에 앉은 도진은 컴퓨터를 켜고 성은준과 그의 가게에 대해 찾아보기 시작했다.

26세의 나이에 캐주얼 파인다이닝을 오픈한 신예 셰프.

르 꼬르동 블루를 수석으로 졸업한 해외 유학파.

대출도, 투자도 없이 동업자인 친구와 함께 오롯이 자신들의 힘으로 가게를 차린 어린 셰프.

'어린 나이인 데도 대단하군.'

성은준에 대해 찾아보던 도진은 솔직히 감탄했다.

여러 방송에 출연해 요리하는 모습에서 보인 그가 요리를 대하는 태도와 마음은 진심이었다.

'실력도 있고……'

도진은 그제야 성은준이 자존심이 센 이유를 이해했다.

그리고 왜 그리 패배에 대한 분함을 드러냈는지 알 수 있었다.

제 나이대에 이만큼 자신보다 실력이 뛰어난 이를 본 적이 없었으니, 비록 프로그램이었지만 자신이 패배했다는 것이 사뭇 충격으로 다가왔을 법했다.

심지어는 가게도 꽤나 잘되는 듯했다.

이태원에서 가장 뜨겁게 떠오르고 있는 성은준의 가게는 '가든파티'라는 이름의 캐주얼한 파인다이닝 식당이었다.

런치에는 3코스의 에피타이저, 메인, 디저트의 가벼운

코스뿐만 아니라 단품으로 메뉴를 선택해 브런치를 즐길 수도 있었고, 디너에는 제법 구성을 갖춘 코스를 판매하고 있었다.

그뿐 아니라 와인에 칵테일, 커피와 음료류까지.

성은준의 욕심이 보이는 듯한 곳이었다.

'후기도 생각보다 많은걸.'

그냥 보통의 일반인들은 물론이고 여러 셀럽들도 종종 방문하는 듯한 여러 후기들을 둘러본 도진은 감탄했다.

가게 이름인 '가든파티'라는 컨셉에 충실하게 정원처럼 잘 꾸며진, 전형적인 여자들이 좋아할 법한 느낌의 인테리어.

방송 촬영이 없을 때면 가게에 나와 일을 한다는 게 사실인지, 종종 성은준의 출몰을 기대하며 방문하는 이들도 있는 듯했다.

[음식도 너무 맛있고, 분위기도 좋아서 또 왔던 건데 오늘은 운이 좋았는지 잘생긴 미남 셰프님을 볼 수 있었다! 초 럭키 데이! 다음에 또 올게요~♡]

후기의 가장 마지막 줄을 읽은 도진은 슬며시 웃음이 나왔다.

'완전히 아이돌이나 다름없군.'

여러 사이트를 돌아다니며 '가든파티'에 대한 후기를 좀 더 찾아본 도진은 이내 결심한 듯 핸드폰을 들어 성은준에게 전화를 걸었다.

뚜루루—뚜루루—.

몇 번의 신호음이 흐르고……

—네, 여보세요.

수화기 너머 들리는 성은준의 목소리에 도진은 다짜고짜 물었다.

"정말 제가 원하는 조건, 다 맞춰 줄 수 있어요?"

두 사람 사이에는 잠시 정적이 흘렀다.

그리고 이내 우당탕하는 소리가 들리더니, 수화기 너머에서 다급한 대답이 들려왔다.

—당연, 당연하죠!

───※───

시간은 빠르게 흘러 어느새 한여름의 초입이 다가왔다.

한창 햇볕이 뜨거워지기 시작하고, 매미가 세차게 우는 시기.

여름밤의 시원한 바람이 뜨거웠던 주방의 열기를 식혀 주는 지금.

드디어 도진의 마지막 근무가 끝났다.

주방의 마감까지 모두 끝낸 뒤 옷을 갈아입으러 가기 전,

주방 직원들이 도진의 주변에 삼삼오오 모였다.

"고생 많으셨습니다!"

"셰프님, 셰프님! 오늘 뒤풀이하시죠!"

"내일부터 정말 안 나오시는 거예요?"

지난 반년 동안 가족들보다 더 오랜 시간을 함께한 주방 식구들은 저마다 여과 없이 아쉬움을 표했다.

"나중에 놀러 올게요, 손님으로."

"그건 좀 부담스러운데……."

"그럼 오지 말까요?"

"아, 아뇨! 그건 아니고요!"

도진이 주방 직원을 놀리고 있는 사이.

탁-.

순간 가게의 모든 불이 꺼졌다.

그리고 홀과 이어진 복도에서부터 작은 불빛이 점점 더 가까워졌다.

케이크 위의 작은 초의 일렁거리는 불빛.

"고생 많았습니다."

다름 아닌 최석현이었다.

그는 도진의 앞에 케이크를 들이밀었고, 도진은 웃으며 초를 불었다.

떠나는 도진을 위해 준비된 깜짝 파티는 간결했지만 조촐하진 않았다.

멀지 않은 곳에 있는 작은 호프집을 빌려 치러진 마지막 인사는 자정이 되어서야 열기가 사그라지기 시작했다.

술을 마실 수 없는 도진을 제외한 다른 이들이 얼큰하게 취하고 난 뒤였다.

창가에 앉아 밖을 바라보고 있던 도진의 곁으로 은근슬쩍 다가온 최석현이 그를 향해 물었다.

"도진 씨는 혹시 계획이 있습니까?"

"일단은, 투자 계획서를 작성하는 데 집중하려고요. 제 이름을 내건 가게를 오픈하는 게 지금 가장 큰 목표니까요."

"그럼, 그동안에는 일을 쉴 생각인가요? 뭣하면 자리를 알아봐 줄 수도 있습니다."

최석현의 배려가 섞인 말에 도진은 미소를 지으며 대답했다.

"말씀은 감사하지만, 이미 생각해 둔 곳이 있어서요."

"그렇다면 다행입니다. 혹시 어디서 일하게 되는지 물어봐도 되나요?"

"성은준 씨네 파인다이닝요."

"네? 어디요?"

도진의 대답을 들은 최석현은 자신이 들은 게 맞는지 확인하려는 듯 다시금 그에게 되물었다.

그런 그의 반응을 이해한다는 듯, 도진은 다시금 최석현의 눈을 똑바로 바라보며 말했다.

"성은준 씨가 운영하는 '가든파티'의 오프닝 수 셰프로 일하기로 했습니다."

최석현은 전혀 예상하지 못한 대답을 들은 사람처럼 눈을 동그랗게 뜨고 있었다.

도진은 최석현의 얼빠진 표정에 웃음을 터트렸다.

'하긴 놀랄 만도 하지.'

최석현도 지난 촬영을 함께했으니 성은준이 도진을 어떻게 바라보는지 알고 있을 터였다.

아무리 성은준이 자신의 감정을 숨기려고 노력했다고 하지만, 오랜 시간 주방에서 생활하며 눈치로 살아온 베테랑 셰프들의 눈까지는 속일 수는 없었을 터였다.

공공연히 드러난 성은준의 욕심과 시기 질투, 그리고 자신도 저렇게 되고 싶다는 열망.

그렇기에 최석현은 도진을 걱정하는 눈으로 바라보며 물었다.

"괜찮겠어요?"

하지만 도진은 걱정하지 말라며 그를 안심시켰다.

"셰프님이 그러셨잖아요, 그냥 욕심이 많은 사람 같다고."

"그렇긴 하지만, 그 밑에서 일하게 되는 건 아무래도 얘기가 좀 다르죠. 무슨 일이 있을지 모르지 않습니까."

도진을 걱정하는 최석현의 눈은 부모님의 눈과 닮아 있었다.

물가에 내놓은 아이를 걱정하는 눈빛.

도진은 최석현을 처음 만난 날을 떠올렸다.

요리 대회의 심사 위원으로 처음 만난 최석현이 도진을 보던 눈빛은 호기심이었다.

하지만 어느새 우연이 겹쳐 이렇게 인연이 되고, 최석현의 유대가 생긴 뒤.

최석현은 이따금 이렇게 도진을 자식처럼 대할 때가 있었다.

그럴 때면 도진은 가슴 싶은 곳에서 일렁이는 따뜻함을 느꼈다.

도진은 최석현을 안심시키듯 웃었다.

"정말 괜찮아요. 성은준 씨는 생각보다 구김이 없고, 단순한 사람이더라고요."

"그렇다면 다행이지만……."

무언가 찜찜한 듯한 표정을 한 최석현의 얼굴에는 여전히 걱정스러움이 묻어나 있었다.

도진은 그를 보고 있자니 어쩐지 익숙한 얼굴이 떠올랐다.

투자자를 구했다는 말에 함께 기뻐해 주기보단, 믿을 만한 사람이 확실한지 의심부터 하던.

계약서에 문제가 있진 않은지 자신이 서명하는 사람처럼 몇 번이고 꼼꼼히 훑어보던…….

언제나 도진을 어리게만 보던 그의 스승이었던 카르만.

도진은 지금껏 최석현과의 관계를 뚜렷하게 정의하진 않았다.

하지만 분명 도진이 일찍이 요리를 배우고자 했다면, 이런 좋은 스승 밑에서 요리를 배우고 싶었으리라.

도진은 시간이 늦어 이만 가 봐야 할 것 같다며 자리를 일어났다.

이윽고 택시가 도진의 앞에 섰다.

도진은 문을 열고 택시에 탑승하기 전, 함께 있어 준 최석현을 향해 몸을 돌렸다.

그리고 허리를 숙여 인사했다.

"감사합니다. 셰프님 덕분에 많은 기회를 얻을 수 있었어요."

도진의 갑작스러운 인사에 최석현이 멋쩍은 듯 웃으며 말했다.

"혹시라도 무슨 일이 있으면 꼭 연락해 주세요."

"네, 알겠습니다. 얼른 들어가세요."

도진은 짧게 대답하고는 택시에 올라탔다.

마지막까지 자신을 걱정하는 최석현의 모습에 도진은 고개를 저었다.

그도 그럴 것이.

계약을 위해 직접 만나 대화해 본 성은준은 투명하기 그지
없는 사람이었다.

도진이 성은준을 만난 것은 아틀리에의 마지막 근무 일주
일 전이었다.

"정말 제가 원하는 조건을 모두 맞춰 줄 수 있습니까?"

도진은 자신의 눈앞에 어리둥절한 채 앉아 있는 성은준을
조용히 바라보았다.

분명 함께 일하자고 한 것은 성은준이었고, 도진은 그를 위
해 좀 더 자세한 얘기를 나누기 위해 만난 것이었으나…….

아닌 척하지만 긴장한 듯 손거스러미를 가만두지 못하고
계속 손톱을 뜯으며 자신을 바라보는 성은준의 모습은 영락
없이 고양이 앞의 생쥐 같은 느낌이었다.

성은준이 도진의 의도를 살피듯 눈치를 보며 물었다.

"정말 같이 일할 거예요?"

그 모습에 도진이 헛웃음을 터트렸다.

"같이 일하자고 한 건 성은준 씨 아닙니까?"

"그게 맞긴 하는데…….''

도진의 되물음에 성은준은 우물쭈물하며 말을 이었다.

"2주나 지나서 연락을 주셨잖아요. 저는 그래서 전혀 생각
도 없으신 줄 알았습니다."

"아, 그건 죄송합니다. 아시다시피 제가 곧 아틀리에 계약
이 끝나지 않습니까. 퇴사하기 전에 이런저런 문서 작업을
하느라 바빠서 연락이 늦었네요."

"어, 네."

깔끔하게 자기 잘못을 인정하는 도진의 모습에 놀란 듯,
성은준은 눈을 크게 떴다.

도진은 다시금 성은준에게 물었다.

"그래서, 성은준 씨. 정말 제가 원하는 조건은 모두 들어
주실 겁니까?"

"네, 네! 일단 뭐든 말해 보시죠!"

성은준은 도진의 물음에 정신을 차린 듯 급히 대답했다.

도진은 그의 말에 자신이 생각했던 조건을 나열하기 시작
했다.

"우선, 계약 기간은 3개월입니다."

"네? 그건 너무 짧은……."

"일단 들으세요."

"네."

도진의 한마디에 성은준은 얌전히 입을 다물고 도진이 얘
기하는 조건들을 들었다.

"기간 내에 오프닝 수 셰프가 해야 할 일은 모두 이행할

예정입니다. 하지만 갑작스러운 추가 근무나 계약 시간 외 근무는 사절입니다. 그리고 근로계약서 작성 시 월급은 제가 원하는 금액으로 맞춰 주세요."

도진의 조건은 많지 않았다.

어차피 투자 기획서를 준비하는 동안, 경력의 빈틈이 생기지 않도록 하기 위한 일이었다.

그러니, 계약 기간은 3개월이면 충분할 터였다.

근로 시간에 제한을 둔 것은, 만약 그 외에 추가적으로 업무를 하게 된다면 분명 투자 기획서를 준비하는 데에 차질이 생길 터였다.

그렇기에 처음부터 으름장을 놓은 것이었다.

그리고 마지막 질문은…….

사실 반쯤 떠본 것이었다.

만약 성은준이 무언가 의도를 가지고 제게 함께 일하자고 제안한 것이라면, 분명 자신의 조건에 무조건 맞춰 주려고 할 터였다.

그렇기에 도진은 제 맘대로 월급을 달라고 말한 것은 그의 의도를 살피기 위함이었다.

'만약 바로 오케이한다면 뭔가 의도가 있다는 건 확실하겠지.'

하지만 성은준은 도진의 조건을 듣고는, 한참 동안 침묵을 지켰다.

그의 대답을 기다리던 도진이 결국 먼저 입을 열었다.

"뭐 궁금한 점 없나요?"

"네? 끝난 거예요?"

성은준은 눈을 동그랗게 뜨고 물었다.

그 모습에 도진은 표정을 일그러트렸다.

생각했던 것과는 전혀 다른 반응이었다.

'저게 설마, 진심으로 물어보는 건가……?'

그 물음에 다른 뜻은 없는지 확인하고자 성은준을 유심히 살폈으나 그의 얼굴에는 의문만이 가득했다.

도진은 그제야 한숨을 내쉬며 그의 말에 대답했다.

"네. 제 조건은 이게 답니다. 그래서 뭐 더 궁금한 거 없어요?"

"일단 3개월은 너무 짧아요."

"저는 궁금한 걸 물어봤지, 이견을 조율하겠다는 말을 한 적은 없는데요?"

"하, 하지만……!"

"어디 보자. 최 셰프님 연락처가……. 분명 좋은 자리가 있다고 그러셨는데."

성은준이 도진의 말을 반박하려고 들자, 도진은 핸드폰을 들어 최석현의 연락처를 찾는 시늉을 했다.

그 모습에 성은준이 당황하며 말했다.

"아니, 아니요. 그냥 그렇다고요. 3개월이면 괜찮으세요?

너무 짧지 않겠어요?"

도진은 그 모습에 만족한 듯 웃으며 대답했다.

"네, 충분합니다. 혹시 계약을 연장하게 될 경우, 한 달 전에 미리 조율하는 걸로 하죠."

순순히 대답하는 도진의 모습에 성은준은 용기를 낸 듯 고개를 끄덕이고는 조심스럽게 한 가지를 더 물었다.

"저, 혹시……."

"네?"

"그, 혹시 월급은 얼마나 받고 싶으신 건가요……?"

질문을 내뱉은 성은준은 도진의 얼굴을 바라보지 못한 채 얼굴을 푹 숙였다.

귓가가 붉어진 채였다.

'이런 질문을 한다는 게, 부끄러울 수 있지.'

하지만 그로써 도진은 성은준이 자신에게 불순한 의도가 없다는 것을 확신했다.

만약 해코지할 생각이었다면 거짓말을 해서라도 일단 그를 데려가려고 했을 터였다.

성은준은 도진의 조건을 듣고, 충분히 생각하며 현실적으로 조건을 타협하려고 했다.

그 뜻은.

'정말 그냥 같이 일하자는 거였나.'

여전히 성은준의 의도는 아리송했지만, 도진은 더 이상 신경 쓰지 않기로 했다.

'이 정도면 됐겠지.'

어차피 3개월뿐이었다.

"삼백, 맞춰 주실 수 있나요?"

도진은 성은준에게 적당한 금액을 불렀다.

삼백. 유명 셰프들의 몸값은 아니다.

정말 유명한 셰프들은 이 시기에도 천만 원에 달하는 금액을 받곤 했으니까.

하지만 그것은 어디까지나 유명 셰프의 기준.

물론 전생의 도진이라면 그 금액을 보고 일할 일하지는 않았겠으나.

지금은 아니다. 경력이 리셋된 지금 도진은 미슐랭 쓰리 스타 출신의 셰프가 아닌, 일개 신입 쿡의 경우니까.

이 시기에 일반 쿡이 150만 원이 조금 넘는 급여를 받고 일했었던 것을 생각하면 제법 큰 금액이었다.

하지만 그간 방송 매체들에 얼굴을 비추며 인지도를 쌓았던 것을 생각한다면 너무 과하지 않은 금액임에도 틀림없었다.

"잠시 통화 좀 하고 와도 될까요?"

"네."

삼백이라는 금액은 예상하지 못했던 걸까.

성은준은 당황한 듯 도진에게 물었다.

도진은 그가 통화를 마치기를 기다리며 커피를 한 모금 머금었다.

　얼마 지나지 않아 성은준은 한껏 밝은 얼굴을 한 채 돌아와 도진에게 말했다.

　"맞춰 드릴 수 있습니다. 계약서는 말씀하신 내용 첨부해서 제가 준비하겠습니다!"

　"그럼, 잘 부탁드립니다."

　결국 자신이 원하는 것을 모두 얻은 도진이 성은준과 악수를 한 뒤.

　자리를 벗어나려다 문득 떠오른 생각에 뒤를 돌아 그에게 물었다.

　"너무 제 조건만 말한 것 같은데, 혹시 성은준 씨는 뭐 조건 없습니까?"

　성은준은 생각지도 못한 질문을 받은 사람처럼 자리에 우두커니 서서 입을 떡 벌렸다.

　그리고 이내 정신을 차린 듯 표정을 수습하고는 잠시 고민하더니, 도진에게 말했다.

　"형이라고 불러 주세요. 그리고……."

　조심스럽게 말을 덧붙이는 것도 잊지 않았다.

　"말도 편하게 해도 돼……요?"

　그의 말을 들은 도진은 머릿속에서 성은준의 정보에 한 줄을 추가했다.

'이해 불가.'

도진은 생각하기를 멈추고 대답했다.

"그래요, 형."

9시 정각.

도진은 성은준이 말한 주소에 도착했다.

Garden Party

멋들어진 필기체로 휘갈겨진 간판이 걸린 대문을 열고, 예쁘게 꾸며진 작은 정원을 지나 문 앞에 도착한 도진은, 주머니에서 성은준이 건넨 카드키를 꺼냈다.

아틀리에의 계약이 끝나고 이틀이 지난 뒤.

도진은 긴 휴식 대신 빠른 적응을 위해 곧장 성은준의 가게로 출근했다.

문을 열고 들어간 도진은 아무런 인기척이 없는 내부의 모습에 의아함을 느꼈다.

어두컴컴한 홀 안에 밝은 곳이라고는 테라스에서부터 들어오는 옅은 햇빛이 비치는 곳뿐이었다.

'오픈이 11시라고 들었는데, 슬슬 와서 오픈 준비를 해야

하는 거 아닌가?'

도진은 혹시 몰라 주방으로 향했으나, 그곳도 별반 다르지 않았다.

얼핏 둘러본 주방은 겉으로 보기에는 깨끗했다.

하지만 손이 닿지 않는 곳과 여러 틈새에 쌓인 먼지, 냉장고 벽에 가득한 성에.

조리대와 바닥 틈 사이에 보이는 쓰레기는 물론이고, 기름때로 누렇게 물든 *후드(*가열 과정에서 발생하는 부산물들을 환기하기 위한 장치)까지.

'관리가 영 엉망이군.'

도무지 제대로 청소하긴 하는지 의문이 드는 주방이었다.

첫 출근부터 할 일이 많을 것 같은 모양새에 도진은 한숨이 푹 나왔다.

'괜히 한다고 했나?'

그런 생각이 잠시 머리를 스쳐 갔지만, 이미 계약서까지 쓴 이상 엎질러진 물이나 마찬가지였다.

도진은 마치 점검을 나온 사람처럼 가게 곳곳을 둘러보았다.

그리고 이내.

홀과 주방은 물론 직원들의 휴게실과 셰프의 사무실 위치까지 확인한 도진은 시계를 확인했다.

9시 40분.

곧 10시가 되어 가는 데도 아무도 출근하지 않았다.

'분명 9시 출근이라고 들었는데…….'

도진은 홀에 앉아 한참 문을 지켜보고 있었다.

시간은 속절없이 흘러 어느덧 10시가 지났고, 분침이 10을 지나치는 순간.

딸랑—.

웅성거리는 소리와 함께 직원들이 출근했다.

무리를 지어 가게로 들어오던 그들이 도진을 발견한 순간.

도진이 싸늘한 목소리로 물었다.

"혹시 제가 출근 시간을 잘못 알고 있었던 건가요?"

가든파티

가게에 들어선 직원들은 처음 보는 이의 싸늘한 질문에 다들 그 자리에 멈춰 섰다.

그리고 그중.

도진을 알아본 듯 다른 사람들을 제치고 나온 이가 도진에게 인사를 건넸다.

"정말로 오실 줄은 몰랐는데……. 반갑습니다. 김도진 셰프님 맞으시죠? 저는 여기 공동 창업자이자 수 셰프인 김주홍이라고 합니다."

도진은 자리에서 일어나 그가 내민 손을 맞잡았다.

"김도진입니다. 오프닝 수 셰프로 일하게 되었으니, 잘 부탁드립니다."

맞잡은 손이 위아래로 몇 번 흔들리다 이내 멀어졌다.

도진은 시선을 내려 손을 바라보았다.

미미하지만 손자국이 남았다.

'기 싸움이라도 하자는 건가?'

눈앞에 있는 사내는 여전히 사람 좋은 얼굴을 한 채 도진에게 말했다.

"어제 저희끼리 과음을 해서 오늘 출근 시간을 좀 늦췄는데, 도진 씨는 연락처가 없어서 미리 말을 못 했네요. 이거 참, 죄송합니다."

넉살 좋게 말하는 수 셰프의 찢어진 눈이 얇게 접혔다.

그저 웃으며 얘기한 것만으로 분위기를 전환하는 그의 모습에 도진은 어쩐지 아틀리에의 서수림이 떠올랐다.

조금 다른 점이라고 한다면…….

'그쪽은 여우고, 이쪽은 뱀인가.'

영 꺼림칙한 분위기의 사내였지만, 당분간은 인수인계를 받아야 했기에 어쩔 수 없이 마주해야만 했다.

어차피 자신은 오프닝 수 셰프였고, 그는 클로징 수 셰프였기에 인수인계가 끝난다면 자주 마주칠 일이 없으리라 생각한 도진은 더 이상 크게 그를 신경 쓰지 않기로 했다.

다만.

"성은준 씨도 알고 있습니까?"

성은준이 이런 이와 일을 한다는 것이 의외였다.

"물론, 알고 있죠."

수 셰프는 당연하다는 듯 도진의 말에 대답했으나, 그게 사실일지는 알 수 없었고…….

도진은 그의 상관이 아닌 동등한 직급으로 온 것이었기에 더 이상 캐묻지 못했다.

가슴 한구석에 찝찝함이 남아 있었지만, 시간을 확인한 도진은 자신의 앞에 우두커니 서 있는 이들에게 말했다.

"자, 인사는 이따 마저 하고, 우선 움직입시다. 오픈까지 시간이 얼마 안 남았네요."

시침이 10시를 가리키고 있었다.

오픈이 한 시간밖에 남지 않은 시점이었다.

직원들은 분주하게 옷을 갈아입고 제자리를 찾아갔다.

비록 숙취로 인해 몇몇 직원들의 표정이 영 좋지는 않았으나, 그들은 별다른 지시 없이도 알아서 자신이 맡은 일을 처리해 나가고 있었다.

'직원들 교육은 생각보다 잘되어 있군.'

도진이 직원들의 분위기를 살피고 있을 즈음, 수 셰프가 옷을 갈아입고 나왔다.

"자 그럼, 우리도 시작해 볼까? 말은 편하게 해도 되지?"

수 셰프는 도진에게 출근하자마자 해야 하는 일들을 가장 먼저 알려 주었다.

"우선 오전에 출근하면 애들 다 왔는지 콜아웃(callout)하고,

당일 들어온 재료 주문서랑 정산서 교차 확인하고 애들한테 정리시키면 돼. 그리고 이쪽으로 따라오면 사무실이…….”

얌전히 그의 설명을 듣던 도진이 수 셰프에게 물었다.

“재료 상태는 확인 안 합니까?”

도진을 사무실로 안내하기 위해 앞장서던 수 셰프가 뒤를 돌아보았다.

“아, 그거.”

수 셰프는 그런 걸 물어보냐는 얼굴을 하고 말했다.

“애들한테 정리할 때 좀 보라고 하면 돼. 알아서들 잘하니까 신경 쓸 필요 없어.”

그렇게 말한 수 셰프는 다시금 앞장서 길을 걸었다.

하지만 도진은 심각한 표정이 되어 잠시 그 자리에 멈춰섰다.

재료의 상태를 확인하는 것은 중요했다.

모름지기 요리사라면 손님에게 내야 할 재료의 상태가 멀쩡한지, 이상이 없는지 확인하는 것은 당연한 일이었다.

특히 김주홍은 ‘수 셰프’라는 책임자의 자리에 있었다.

무릇 책임을 지는 사람이라면, 그런 것을 더 꼼꼼히 확인해야 하는 일들이다.

그러나 그는 아래 사람에게 그 일을 일임한 채, 책임을 방관하고 있었다.

‘직원들이 알아서 잘한다’라고 말했지만, 그 말의 뒤에는 귀찮음이 잔뜩 묻어나 있었다.

'알 만하군.'

가게의 지분은 대부분이 성은준에게 있다고 했다.

보통이라면 성은준이 헤드 셰프로 주방을 통솔하는 것이
맞았다.

하지만 방송 일이 많아져 가게에서 오랜 시간을 보내지 못
하는 것에 대해 아쉬움을 표했고, 그렇게 성은준이 자리를
자주 비우는 지금.

김주홍은 마치 자신이 이곳의 주인인 양 굴고 있는 것이
분명했다.

도진이 보기에는 사실상 성은준이 혼자 차린 가게에 수
셰프인 그가 '친구'라는 이름으로 숟가락을 얹은 것처럼 느
껴졌다.

도진은 생각하기를 멈추고 다시금 수 셰프의 뒷모습을 쫓
았다.

어차피 자신은 3개월뿐인 계약직이었고, 찾아본 후기들에
따르면 생각보다 가게의 명성은 괜찮았다.

그렇기에 굳이 그의 운영 방식에 태클을 걸어 긁어 부스럼
을 만들고 싶지는 않았다.

수 셰프는 몇 걸음 앞서 이미 사무실의 문틀에 기대 도진
을 기다리고 있었다.

"다큐에서는 보니까 손은 되게 빠르던데, 발은 좀 느린가

봐?"

웃음이 섞인 말투로 농담을 가장해 비아냥거린 그가 말을 이었다.

"들어와서 오른쪽은 내 책상이고, 오른쪽은 은준이 책상이야. 보통 은준이가 여기 쓰는 일은 드무니까 서류 정리할 게 있으면 이 자리 쓰면 될 거야."

자리를 안내해 준 수 셰프는 자신의 책상에 의자를 하나 더 끌어와 도진을 불렀다.

"어차피 석 달밖에 일 안 할 거라면서?"

그렇게 말한 수 셰프는 노트북을 열어 정산서를 정리하는 것을 도진에게 보여 주며 말했다.

"그러면 굳이 이런 서류 정리까지는 할 필요 없으니까, 주문서랑 정산서 맞는지만 체크하고 서류는 내 책상에 올려놔. 내가 알아서 정리할 테니까."

그는 빠르게 손을 놀리며, 정산서를 입력한 뒤 몇 개의 서류를 더 뒤적이고는 자리에서 일어났다.

순식간에 일을 처리하는 모습이었지만 꼼꼼하게 자료를 챙기고 파일을 정리해 두는 모습에 도진은 그가 마냥 허투루 일을 하는 것은 아니라는 것을 눈치챘다.

하루는 빠르게 지나갔다.

사무실에서 처리해야 할 일을 간단히 알려 준 수 셰프는 이후.

도진을 다시금 주방으로 데려와 그 외의 것들을 알려 주었다.

전반적인 주방 집기의 위치들과 재료의 위치, 써야 하는 그릇과 메뉴에 대한 기본적인 설명.

가게가 오픈한 뒤에도 마찬가지였다.

"10번 테이블 브런치 세트 훈제오리 하나, 베이컨 하나. 총 두 개야."

"예, 셰프!"

"예, 셰프!"

메뉴를 익히기 위해 하루 종일 수 셰프의 곁에서 그가 일하는 것을 본 도진은 한 가지 사실을 눈치챘다.

첫인상이 영 별로긴 했지만, 그래도 성은준이 왜 그에게 가게를 맡길 수 있었는지 알 수 있었다.

그는 생각보다⋯⋯.

'일을 잘하네.'

사람을 효율적으로 부릴 줄 아는 이였다.

아니, 어쩌면 본인이 덜 움직이기 위해서 직원들을 좀 더 효율적으로 부리는 걸지도 몰랐다.

하지만 이러나저러나 그가 일을 잘한다는 사실은 확실한 사실이었다.

"오늘도 고생 많았어, 애들아. 얼른 마감하자!"

"으윽, 고생하셨습니다!"

"빨리하고 퇴근하자!"

어느새 마감할 시간이었다.

정신없이 몰려드는 손님들 덕에 한 시도 쉴 틈이 없었던 덕에 시간이 어떻게 가는지도 몰랐다.

직원들은 브레이크 타임에도 모자란 재료들을 채워 놓은 뒤, 간신히 식사할 짬이 나 겨우 간단하게 식사를 대체하곤 다시금 디너 타임을 시작해야만 했다.

'이렇게 바쁘면 매출 걱정은 안 해도 될 것 같은데…….'

마감을 하고 있는 직원들을 바라보며 앞치마를 정리하던 도진은 문득 성은준이 떠올랐다.

'호텔처럼 직원들이 많은 것도 아니고, 왜 그렇게 걱정을 한 거지?'

이 정도 매출이면 이런저런 지출을 제외하고도 충분한 수익이 나고 있을 터였다.

하지만 도진이 월급을 맞춰 달라는 조건을 말했을 때, 성은준은 쉬이 대답하지 못하고 망설이는 태도였다.

'가게 오픈할 때 대출을 크게 받기라도 했나…….'

도진은 무슨 문제라도 있는 게 아닌지 잠시 생각에 빠졌지만, 그 생각은 그리 길게 이어지지 못했다.

그를 부르는 이가 있었기 때문이다.

"도진아!"

어느새 옷을 갈아입고 나온 수 셰프였다.

천재셰프
회귀하다

"오늘 계속 옆에서 봤으니까, 내일은 알아서 할 수 있지?"

그는 옷을 여미며 도진에게 말했다.

"대단한 김도진 셰프님이니까?"

그렇게 말하는 수 셰프의 눈이 순간 날카로운 듯 보였지만, 여전히 그의 입은 미소를 짓고 있었다.

도진은 그제야 자신이 어째서 그를 보고서 수림을 떠올렸는지 알 수 있었다.

그의 말속에는 도진을 향한 명백한 적의가 담겨 있었다.

'둘이 친구라더니, 이런 것까지 똑같은 건가?'

다행히 오늘 하루 동안 어지간한 메뉴들은 모두 확인했기에 그가 없어도 문제 될 일은 없었다.

도진은 그에게 맑게 웃으며 대답했다.

"물론이죠. 걱정하지 마세요."

수 셰프는 도진의 대답에 잠시 미간을 찡그리는 듯했지만 이내 표정을 수습하고는 사람 좋은 웃음을 한 채 먼저 퇴근한다며 자리를 떠났다.

다음 날, 도진은 원래 출근 시간보다 좀 더 이른 시간에 가게에 도착했다.

어제 수 셰프가 알려 준 것들은 복기하기 위함이었다.

사무실에서 옷을 갈아입고 주방으로 나온 도진은 이내 익숙한 얼굴을 발견했다.

"성은준 씨?"

성은준은 도진의 말을 듣고는 비 맞은 강아지 같은 표정을 지었다.

"형이라고 부르기로……."

그가 애처로운 표정을 지으며 끝을 흐렸지만, 도진은 눈 하나 꿈쩍하지 않았다.

"네, 성은준 씨."

"누구세요? 저는 은준이 형이라고 부르는 김도진 셰프님을 고용했는데……."

그제야 이 방법은 안 통한다는 것을 느낀 성은준은 자신이 가진 직급을 이용했고, 도진은 할 수 없다는 듯 고개를 저으며 물었다.

"알겠어요. 은준이 형, 가게는 어쩐 일이에요? 오늘 촬영 있다고 들은 것 같은데."

그는 도진의 말에 함박웃음을 지으며 말했다.

"마침 촬영이 이 근처라, 가기 전에 잠깐 들러 봤어."

첫 출근 날 와 보지 못한 것이 신경 쓰여 말한 그는 해 볼 만하냐며 도진에게 물었다.

도진은 그에 괜찮다고 말하며 앞치마를 두르다 문득 떠오른 듯 그를 바라보며 물었다.

천재 셰프
회귀하다

"근데, 형은 왜 그렇게 방송을 열심히 해요?"

성은준은 멋쩍게 웃으며 볼을 긁었다.

"이게 다 홍보 때문에 그렇지, 뭐."

"무슨 홍보요?"

그가 당연한 걸 물어본다는 듯한 표정으로 말했다.

"내가 홍보할 게 뭐가 있겠어."

"얼굴?"

밝은 목소리와는 어울리지 않는 내용이었다.

아직은 이런저런 공과금과 관리비, 인건비까지 제외하면 딱히 남는 게 없다며 말하는 성은준의 얼굴에는 수심이 없었다.

무릇 자신의 가게를 운영하는 이들이라면 다들 시름에 빠져 고민할 문제였지만…….

자신이 이렇게 방송에 나가 유명세를 얻으면 덩달아 가게 홍보가 저절로 된다고 말하는 성은준은 어린아이처럼 해맑은 얼굴을 하고 있었다.

'이 사람도 참 해맑아. 그나저나…….'

도진은 성은준의 말이 이해되지 않는다는 듯 물었다.

"그 정도예요? 회전율도 나쁘지 않고 주방도 정신없는 거 보면 괜찮을 것 같았는데."

"재료값이 폭등했다더라. 가게 유지보수비 같은 예상외 비용도 너무 많이 들고……"

마치 남 얘기하듯 도진의 물음에 대답하던 성은준은 진동이 울리는 핸드폰을 확인하더니 급히 자리에서 일어났다.

"아, 시간이 벌써 이렇게 됐네. 가 봐야겠다! 도진아, 고생하고 내일 보자!"

가게를 나서는 성은준의 뒷모습을 바라보던 도진은 그의 말을 곱씹었다.

'보통 자기 가게를 저렇게 얘기하나?'

성은준이 이유라고 얘기한 것들은 자신이 직접 확인한 게 아닌, 마치 누군가로부터 전해들은 듯한 말투였다.

예를 들자면······.

'수 셰프인가.'

머릿속에 떠오른 인물에 도진은 한쪽 입꼬리를 올리며 비뚜름한 미소를 지었다.

'일이 재미있게 돌아가는 것 같네.'

성은준이 떠나 도진이 홀로 남은 가게 안은 마치 폭풍전야처럼 고요했다.

도진이 정신없이 바쁜 며칠을 보내는 동안 익숙해진 것이 하나 있다면 그건 바로.

지이잉―.

'벌써 그럴 시간인가.'

출근 시간이면 연신 울리는 알림이었다.

[성은준 : 일은 할 만해? 뭐 필요한 건 없어?]
[성은준 : 내일은 나도 출근할 거야!]

자신이 함께 일하자고 해 놓고는 정작 촬영 일정으로 인해 가게에 자주 나오지 못한다는 게 신경이 쓰이는 듯, 성은준은 지난 열흘간 꼬박꼬박 도진의 안부를 물어 왔다.

그리고…….

도진이 가게에 잘 적응하고 있는지 궁금해하는 것은 성은준 뿐만이 아니었다.

수 셰프는 언제나 도진이 퇴근할 시간을 딱 맞춰 출근해 퇴근 준비를 하는 도진에게 종종 안부를 물었다.

"오늘은 별일 없었어? 힘들진 않았고?"

만약 자신이 정말 세상 물정 모르는 열아홉 살의 고등학생 김도진이었다면, 수 셰프의 말이 자신을 걱정해서 하는 말인 줄 알고 감동하여 깜빡 속아 넘어갔을지도 모른다.

하지만 지금의 도진은 마냥 순진하지 않았다.

수 셰프는 상냥한 얼굴을 가장한 채 물어 왔지만, 눈빛만큼은 뱀처럼 날카롭게 도진의 동태를 살폈다.

처음엔 자신을 별로 맘에 들어 하지 않는 듯했던 수 셰프가 무슨 의도로 말하는지 알 수 없었다.

그러나 지난 며칠간 그가 자신을 대하는 태도를 살폈던 도진은, 수 셰프의 말속에 담긴 뜻을 어렴풋이 추측할 수 있었다.

그는 도진이 힘들다고 말하기를 기다리는 듯했다.

'도대체가……'

이해할 수 없었다.

근래 자신의 안부를 가장 궁금해하는 건 부모님도, 여동생도, 친구들도 아닌 이 두 사람일 것이라고 확신했다.

도진은 두 사람의 관계가 영 신경 쓰였다.

성은준이 수 셰프를 대하는 태도는 물론이고 그가 알고 있는 가게의 상황, 그리고 수 셰프가 도진을 대하는 태도까지.

모든 게 께름칙한 상황이었다.

어차피 계약은 3개월뿐이니 그동안만 버티자는 생각에, 처음에는 크게 신경 쓰지 않으려 했지만…….

끊임없이 호의적인 태도를 보이는 성은준이 눈에 밟혔다.

며칠간 수 셰프를 지켜봐 왔던 것처럼 성은준을 지켜본 도진은 그에게는 별다른 의도가 없는 것을 깨달았다.

성은준은 그저 순수하게 자신과 친해지고 싶어 했다.

[성은준 : 오늘 완전 바빴다며, 고생했어!]

도진은 핸드폰에 띄워진 그의 문자를 보고는 한숨을 푹 내쉰 뒤.

결심한 듯 고개를 들었다.

도진은 가장 먼저 수 셰프가 어떤 사람이고, 자신을 어떻게 생각하고 있는지 알아야만 했다.

그 말속에 담긴 의도를 파악하기 위해서였다.

하지만 수 셰프와 대화를 나눌 수 있는 시간은 그렇게 쉬이 주어지지 않았다.

출근 둘째 날부터는 도진이 오프닝을 맡아야만 했기 때문이다.

알아서 할 수 있냐는 수 셰프의 물음에 물론이라고 대답한 것이 화근이었을까.

수 셰프는 정말 그다음 날부터 오프닝에는 얼굴을 코빼기도 들이밀지 않았다.

그렇게 도진이 '가든파티'에서 일한 지 보름이 지난 시점.

도진은 마냥 시간이 흐르는 것을 지켜만 보고 있지 않았다.

수 셰프와 마주할 기회가 적다면, 그를 알고 있는 이들에게 그가 어떤 사람인지 물어보면 되는 일이었다.

그러기 위해선, 수 셰프와 가장 가까이서 일하는 주방 직원들과 친해져야만 했다.

그리고 도진이 그들과 안면을 트기 위해 가장 먼저 한 일은 다름 아닌.

"프렙 리스트는 이것만 하면 끝이죠?"

잡무를 돕는 것이었다.

보통 오픈 이후에는 일과가 바빠 다른 직원들과 여유롭게 대화할 틈이 없었다.

바쁜 점심이 끝난 뒤 이제 좀 한가해지나 싶을 때는 다음 타임을 위해 부족한 재료들을 채워야만 했다.

그러다 보면 어느새 퇴근 시간이었다.

시간이 너무 빠르게 흘렀다.

'아틀리에'도 정신없이 바빴지만, 그때는 시즌을 준비하기 위한 기간 동안 충분히 대화할 틈이 있었고, 일이 끝난 뒤 종종 뒤풀이 겸 가벼운 회식을 하기도 했다.

하지만 이곳에서는 오프닝만 책임졌기 때문에 다른 직원들보다 퇴근 시간이 빨랐기에.

그렇기에 도진은 수 셰프가 알려 준 출근 시간보다 조금 더 일찍 출근하기로 마음먹었다.

그렇게 되면 오픈을 준비하는 시간 동안.

이렇게 잡무를 함께하면 좀 더 여유롭게 대화를 나눌 시간이 생겼다.

물론.

도진의 덕에 조금이라도 쉴 틈이 생긴 직원들은 그런 도진을 두 팔 벌려 환영했다.

"네! 셰프님 최고예요……."

"진짜로. 아침이 이렇게 여유로울 수 있다니, 여긴 천국인가요?"

"오픈까지 한 20분 정도 남은 것 같은데, 커피나 한잔하죠."

도진은 고작 보름 만에 완벽하게 주방 직원들 사이에 낄 수 있게 되었다.

오픈 전 짧은 틈새를 이용해 가지는 막간의 커피 타임에서는 다양한 주제의 이야기들이 나왔다.

"야, 너 그거 들었어? 이번에 데뷔한……."

"……했었는데 진짜 말 안 되지 않아요?"

"어제 마지막 타임으로 받은 손님이 나가면서 뭐라고 그랬냐면……."

아이돌 얘기부터 친구들 사이에 있었던 작은 다툼, 일하면서 있었던 일들까지.

모두 나이대가 비슷했기에 할 수 있는 대화들이었다.

도진은 옹기종기 모여 참새처럼 짹짹거리는 그들의 얘기를 적당히 흘려들으며 맞장구를 치곤 했다.

그러고 있으면 가끔.

이렇게 도움이 될 만한 얘기가 흘러 들어오곤 했다.

"주홍 셰프님은 다 좋은데 가끔 보면 되게 칼 같으실 때가 있다?"

"그런가? 셰프님 완전 분위기 메이커잖아요. 장난기도 가득하고 밝고, 나는 잘 모르겠던데."

"아냐, 진짜. 주홍 셰프님은 선이 좀 있는 것 같아. 나는 사실 이제 좀 친해졌다고 생각했거든? 근데 문득 떠올려 보니까 항상 나만 떠들고 있었더라."

"그렇지, 수 셰프님은 자기 얘기 정말 잘 안 하시는 것 같아."

자기들끼리 맞장구를 치며 얘기를 하던 도중.

한 직원이 섭섭함이 뚝뚝 묻어나는 얼굴을 하고 말했다.

"맞아, 우리는 셰프님 집이 어딘지도 모르잖아. 아니 저번에 우리 회식하고 나서……."

회식이 늦게 끝나 집으로 돌아가기 힘들었던 날.

가게 근처에 산다고 했던 수 셰프에게 하루만 재워 달라고 애절하게 한 부탁을 거절당했다며 2년이나 알고 지냈는데 너무 서운하다고 털어놓던 직원은 이내.

자신의 머리를 마구 헤집어 놓는 이의 손길에 조잘거리던 입을 다물 수밖에 없었다.

"몇 년을 알고 지내던 집에 데려가고 말고는 집주인 마음이지. 그리고 결국 셰프님이 방 잡아 주셔서 너 다음 날 우리

중에 제일 편하게 출근했잖아."

주방 직원들 중 가장 나이가 많았던 조리장이었다.

"이 녀석들 말은 흘려들으세요, 셰프님. 반 이상이 쓸모없
는 말들이에요."

그렇게 말한 조리장은 슬며시 수 셰프에 대한 칭찬도 곁들
였다.

"주홍 셰프가 너무 애들한테 잘해 줘서, 그래서 더 서운하
다고 느꼈던 걸 거예요."

그의 말을 듣던 도진이 다 마신 커피 잔을 치우며 말했다.

"알겠어요. 원래 그렇게 친하면 서운함이 더 커지는 법이
죠. 자, 그럼 슬슬 일할 준비를 해 볼까요?"

시계가 11시를 가리키고 있었다.

어느덧 도진이 '가든파티'에서 일하게 된 지 한 달이 지났
다.

일은 한참 전부터 손에 익었다.

이제는 눈을 감고도 어떤 재료가 어디에 있는지 알 수 있
을 정도였다.

오늘도 무사히 일을 끝마친 도진은 수 셰프가 옷을 갈아입
고 나오기 전, 자리를 정리하며 그에 대해 생각했다.

그동안 수 셰프에 대해 듣고 본 바에 따르면 그는 기본적으로 깔끔하게 일을 잘한다는 것을 알 수 있었다.

　첫날을 제외하고는 단 한 번도 늦지 않은 그는 언제나 같은 시간에 출근했다.

　그의 책장과 책상은 어떤 서류가 어디에 있는지 한눈에 알 수 있게 언제나 깔끔하게 정돈되어 있었고……

　가지런히 정리된 서류들에서도 어김없이 그 성격이 드러나듯 간결하게 작성된 자료는 어떤 내용인지 한눈에 파악할 수 있었다.

　그 성격은 주방에서도 드러났다.

　함께 주방에서 일했던 것은 하루가 고작이었지만, 군더더기 없는 몸짓으로 정해진 순서를 따르듯 깔끔하게 요리를 완성해 내던 그의 모습은 인상 깊었다.

　인망도 두터웠다.

　간혹 직원들이 그에 대한 서운함을 털어놓기도 했지만, 그건 모두 애정에 기반을 둔 감정이었다.

　그가 직원들에게 얼마나 잘해 주는지 알 수 있는 대목이었다.

　그리고 하나 더.

　'이건 아마 아무도 모르는 것 같지만…….'

　성은준을 보는 수 셰프에게서는 묘한 부채감과 기저에 깔린 열등감이 느껴졌다.

수 셰프는 성은준이 출근한 날이면 평소와는 태도가 미묘하게 달라졌다. 완전한 타인이자 제삼자로서 유심히 지켜보지 않으면 느끼지 못할 차이였다.

처음 그 사실을 알았을 때는 두 사람 사이에 일어난 일들을 모두 알 수는 없었기에 쉬이 짐작할 수 없어 고민했다.

'분명 성은준의 말로는 절친한 친구라고 했는데, 저 부채감의 이유는 도대체 뭐 때문일까.'

그렇게 생각했다.

하지만 지금은 그 감정의 원인이 무엇인지 조금은 짐작할 수 있었다.

'슬슬 나올 때가 됐는데.'

도진은 그렇게 생각하며 수 셰프의 사무실과 이어진 복도를 바라보았다.

그리고 그 순간.

사무실의 문이 벌컥 열리면서 수 셰프가 잔뜩 굳은 얼굴을 하고 나왔다.

주방으로 걸어오는 그의 발걸음은 느릿했지만 어쩐지 조급함이 느껴졌다.

오로지 도진을 바라보며 걸어온 수 셰프가 이윽고, 도진의 앞에 멈춰 섰다.

길게 한숨을 내뱉은 그가 낮은 목소리로 입을 열었다.

"도진아."

소란스러웠던 주방이 순식간에 조용해졌다.

언제나 생글생글 웃으며 밝은 모습이었던 수 셰프의 익숙하지 않은 낮고, 무거운 목소리에 모두가 놀란 듯했다.

그는 여전히 웃는 낯을 하고 있었지만, 이전과는 조금 다른 분위기였다.

도진은 그를 똑바로 마주 보고 대답했다.

"네. 왜 그러세요?"

"내가 알려 준 일만 하면 된다고 했었는데……."

반쯤 접힌 눈 사이로 수 셰프의 안광이 번뜩였다.

"혹시 내 책상 위에 있는 서류들도 건드렸니?"

그의 말에 도진이 웃으며 대답했다.

"무슨 서류 말씀하시는지 잘 모르겠는데, 어떤 거 말씀하시는 거예요?"

그는 입술을 잘게 씹으며 고민하는 듯하더니 이내 다시금 태연한 척을 했다.

"아니야. 혹시나 해서 하는 말이긴 한데, 서류 정리는 내가 알아서 할 테니까 도진이 너는 안 건드려도 돼."

도진은 웃으며 대답했다.

"네, 알겠어요. 아, 근데 셰프님."

"응?"

"서랍에 따로 넣어 두신 서류요. 아침에 보니까 삐져나와 있길래, 그건 제가 잘 정리해서 넣어 뒀어요."

수 셰프의 얼굴에 언제나 자리 잡고 있던 웃음기가 점점 사라지고 있었다.

"순서가 좀 뒤죽박죽 섞여 있길래 잘 맞춰서 넣어 뒀는데, 그 정도는 괜찮죠?"

"어어, 그렇지. 근데 다음에는 굳이 안 해도 되니까⋯⋯."

도진은 그런 수 셰프의 안색을 살피고는 그의 말을 끊고 한마디를 덧붙였다.

"맞다. 책장도. 먼지가 많이 쌓여 있길래 한번 싹 닦으면서 청소했어요. 주방에 먼지를 묻히고 올 순 없잖아요?"

"너, 너 혹시 그거⋯⋯."

그 말을 듣자마자 순식간에 얼굴의 핏기가 사라진 수 셰프는 마치 큰 잘못을 들킨 듯 안색이 파랗게 질렸다.

도진이 다시금 웃으며 말했다.

"저는 이만 퇴근해 볼게요. 내일 봬요."

수 셰프는 아무런 말도 잇지 못한 채 유유히 사라지는 도진의 뒷모습을 바라만 보았다.

그의 이마에서 식은땀이 주룩 하고 흘러내렸다.

⁕

도진이 김주홍을 당황스럽게 만든 것은 다분히 의도한 일이었다.

서류에 관해 얘기하면, 그의 반응이 어떨지 궁금했기 때문이다.

김주홍은 도진에게 그리 많은 일을 맡기지 않았다.

심지어 처음에는 일은 할 만하냐고 돌려 물었지만, 가면 갈수록 힘든 일은 없냐며 사무적인 일은 자신에게 맡기고 주방만 봐 줘도 큰 도움이 된다며 얘기하곤 했다.

특히 가게와 관련된 서류를 정리하는 것은 집착이 느껴질 정도로 자신이 직접 하려 했다.

어차피 계약이 3개월뿐이라는 것을 알고 있어서 그랬을 수도 있지만, 아무리 그래도 너무했다.

하다못해 가게로 온 우편물 정도는 도진이 뜯어서 정리할 수 있지 않은가.

하지만 김주홍은 그마저도 그냥 자신의 자리에 올려놓으면 자신이 출근해서 처리하겠다고 말했다.

일이 힘들다며 오프닝 수 셰프를 구해 달라고 한 사람의 행동이라고 보기에는 무언가 이상했다.

그래서 도진은 그가 무언가를 숨기고 있을지도 모르겠다고 생각했다.

특히, 가게와 관련된 서류들에 관해서.

그런 결론에 다다른 도진은 며칠에 걸쳐 김주홍의 자리와 서류를 보관하고 있는 곳을 뒤적였다.

하지만 책상 위, 서류보관함, 그리고 그가 서류를 따로 보관하는 개인 서랍까지 찬찬히 살펴보아도 별다른 소득을 얻지 못했다.

조금 이상한 것이 있다면, 개인 서랍에 보관되어 있던 서류들의 작성 연월이 뒤죽박죽이었다는 것.

'자기가 다 정리한다고 그러더니, 여기만 엉망진창인 건 일부러 이렇게 해 놓은 거 아니야?'

작은 의심이 든 도진은 뒤죽박죽으로 놓인 서류들을 모두 정리하고도 이상한 점을 찾지 못해 반쯤 포기하는 심정이 되었다.

그때.

지친 도진의 눈에 들어온 것은, 다름 아닌 가지런히 정리된 책장이었다.

오와 열을 맞춘 듯한 책들은 책의 높이 순서대로는 물론이고, 들쭉날쭉하지 않도록 가장 튀어나와 있는 책의 앞줄에 맞춰진 책들은 없던 강박증도 충족될 정도로 깔끔했다.

그중, 도진이 주목한 것은 바로 그 책들의 뒤편이었다.

선이라도 있는 듯 줄을 맞춰 정리된 책들의 뒤에는 저마다 크기가 각각이라 생긴 공간이 있었다.

모든 책이 같은 크기가 아니었기에 생긴 빈틈이었다.

도진은 그 빈틈을 훑었다.

책장의 가장 윗줄부터 순서대로 틈 사이에 손을 넣어 뒤적이던 도진은 책장 밑에서 두 번째 줄.

가장 오른쪽에 꽂힌 책들의 뒤편에서 무언가 손끝에 걸리는 것을 느낄 수 있었다.

'이거다.'

도진은 확신했다.

김주홍이 감춰 둔 것이 이것일 게 분명하다고.

오픈에 다다른 시간이었기 때문에 미처 서류 봉투 안의 내용은 확인하지 못한 채 퇴근 시간이 되었지만, 교대를 위해 출근한 김주홍의 반응은 실로 만족스러웠다.

한껏 당황한 듯 도진의 말에 그 자리에 멈춰서 어찌할 줄 모르던 그의 반응을 미루어 보았을 때.

도진이 찾은 서류는 그에게 중요한 것이 틀림없었다.

일부러 김주홍에게 도발하듯 말을 한 도진은 곧장 집에 돌아와 가방에서 서류 봉투를 꺼내 들었다.

'이게 중요한 건 맞는 것 같은데, 도대체 뭐가 들었을지…….'

그리고 서류를 열어 둘러본 도진은 자신이 본 게 맞는지 몇 번이고 다시 살폈다.

매장의 월세 계약서와 보증금 이체 내역, 소득 금액 증명원 등의 서류들.

얼핏 보면 별것 아닐 수 있지만, 당황하던 김주홍의 모습을 생각하면 혹시나 하는 생각이 들었다.

'설마…….'

만약 자신의 예상이 사실이라면 김주홍은 지금쯤, 어찌할
줄 모르고 있을 게 분명했다.

도진은 느긋하게 기다리기로 했다.

'내 예상이 맞으면, 오늘 중으로 연락이 오겠지.'

한편, 김주홍은 이게 도대체 어찌 된 일인지 알 수 없었
다.

여느 때와 다름없이 출근해 사무실에서 옷을 갈아입은 뒤,
식재의 정산서를 정리하기 위해 책상에 앉은 김주홍은 무언
가 이상함을 느꼈다.

책상에 올려져 있던 서류들이 어제와는 다른 모양새였다.

퇴근하기 전 대충 모아 엎어 뒀었는데, 지금 책상에는 가
지런히 정리된 서류들의 내용이 보이도록 위를 향하고 있
었다.

'설마……'

놀란 그는 서랍을 열어 서류들을 확인했다.

자신만 알아볼 수 있게 순서를 섞어 둔 서류들이 일자별로
나란히 줄을 서 있었다.

누군가 건드린 게 분명했다.

심장이 빠르게 쿵쾅거리기 시작한 김주홍은 자리에서 벌

떡 일어나 책장 앞에 쪼그려 앉았다.

이렇게 앉지 않으면 닿지 않는 시야의 가지런히 꽂아 둔 책들의 뒤편.

보이지 않는 어두운 틈 사이.

좁은 틈새로 손을 넣어 더듬거리던 그는 순간, 사색이 되었다.

머리부터 발끝까지 피가 쭉 빠지는 기분이었다.

성은준과 자신을 제외한다면 사무실에 들어와 서류를 뒤적일 만한 사람은 유일했다.

얼마 전, 성은준이 데리고 온 오프닝 수 셰프.

김도진.

성큼성큼 발길을 옮긴 김주홍은 이내 도진의 앞에 멈춰 섰다.

어디서부터 어떻게 말해야 할지 알 수 없었다.

도진이 모든 것을 눈치챘을까 하는 불안함이 앞섰다.

김주홍은 자신이 지금 평소와는 전혀 다른 모습이라는 것을 알 수 있었다.

하지만 쉬이 진정할 수 없었다.

그는 애써 침착한 척을 하며 도진에게 미끼를 던졌지만, 도진은 아무것도 모르겠다는 듯 투명한 눈으로 자신을 바라보며 말했다.

"무슨 서류를 말씀하시는지 잘 모르겠는데, 어떤 거 말씀하시는 거예요?"

그 대답에 잠시 안도했지만, 그렇다면…….

'도대체 누가 본 거지?'

도진의 눈동자에 비친 김주홍의 얼굴에는 여전히 여유가
없었다.

"혹시나 해서 하는 말이긴 한데, 서류 정리는 내가 알아서
할 테니까 도진이 너는 안 건드려도 돼."

"네, 알겠어요."

김주홍은 도진의 대답을 끝으로 다시금 사무실로 발길을
옮겼다.

아니, 옮기려 했다.

하지만 이내.

"아, 근데 수 셰프님."

자신을 부르는 목소리에 그 자리에 멈춰 선 김주홍은 이어
진 도진의 말에 망부석이라도 된 것처럼 그 자리에 멈춰 설
수밖에 없었다.

"서랍에 따로 넣어 두신 서류요. 아침에 보니까 삐져나와
있길래, 그건 제가 잘 정리해서 넣어 뒀어요."

역시나 도진은 무언가를 알고 있는 게 분명했다.

그리고.

"맞다, 책장도. 먼지가 많이 쌓여 있길래 한번 싹 닦으면
서 청소했어요. 주방에 먼지를 묻히고 올 순 없잖아요?"

이어진 도진의 말에 김주홍의 낯빛은 순식간에 창백해진 채, 그저 도진이 떠나는 뒷모습만 바라볼 수밖에 없었다.

  수 셰프의 낯선 모습에 막내 직원이 김주홍을 바라보며 물었다.

  "수 셰프? 괜찮으세요? 무슨 일이라도 있어요?"

  머지않아 자신을 걱정하는 주방 막내의 목소리에 정신을 차린 김주홍은 별일 아니니 신경 쓰지 말라는 말과 함께 다급한 발걸음으로 사무실에 돌아왔다.

  떨리는 손으로 문을 닫은 김주홍은 참았던 숨을 토해 내듯 내뱉으며 도진의 표정을 떠올리려 애썼다.

  '도대체 어디까지……. 어디까지 눈치챈 거지?'

  책 뒤에 보관하고 있던 서류를 제외하면 사라진 서류들은 없었다.

  하지만 김주홍은 도진이 어디서부터 어디까지 확인한 것인지 알 수 없었기에 쉬이 진정할 수 없었다.

  하루가 어떻게 지나가는지 알 수 없을 만큼 넋을 놓고 있던 김주홍은, 모두가 퇴근한 늦은 밤.

  결심한 듯 엄숙한 표정으로 핸드폰을 들어 연락처를 열어 전화를 걸었다.

  뚜루루- 뚜루루-.

  고작 몇 초의 시간이었지만, 몇 분의 시간이 흐른 것 같은 느낌의 짧은 신호음이 두 번 울렸고.

세 번째의 신호음이 울릴 때쯤 수화기 너머에서 신호음이
아닌 누군가의 목소리가 들려왔다.

－네, 여보세요.

긴장한 듯 침을 꿀꺽 삼킨 김주홍이 천천히, 조심스럽게
입을 열었다.

"도진아, 잠깐 볼까?"

집에서 투자 계획서를 정리하고 있던 도진은 김주홍의 전
화를 받은 뒤.

이리로 오겠다고 말한 그가 도착할 시간에 맞춰 주섬주섬
옷을 입기 시작했다.

'생각보다 빨리 연락이 왔네.'

도진은 김주홍의 책장에서 발견한 서류 봉투를 챙겨 들고
현관에 앉아 신발을 신었다.

11시가 넘은 늦은 시간.

밖으로 나갈 채비를 하는 도진을 보며 어머니가 물었다.

"나가려고? 어디 가는데?"

"잠깐 이 앞에 카페요. 1시 전에는 들어올 거예요."

"이 시간에 무슨……. 빨리 들어와!"

어머니의 걱정 어린 말에 알겠다며 대답한 도진은 금방이

라도 한 소리를 더 들을까 싶은 마음에 급히 밖으로 향했다.

김주홍이 보자고 한 카페로 향하던 도진은 제 손에 든 서류 봉투를 바라보았다.

혹시나 했던 예상이 진짜일지도 모른다는 생각에 침을 꿀꺽 삼킨 도진은 김주홍이 기다리고 있을 카페로 발길을 옮겼다.

시간대가 늦었기에 카페는 한적했다.

금세 김주홍이 앉은 자리를 찾은 도진은 불안한 듯 손톱을 뜯고 있는 그를 보자마자 물었다.

"이거 찾으러 오신 거 맞죠?"

김주홍은 도진이 손에 들고 있는 서류 봉투를 보고는 표정을 굳혔다.

도진은 그 모습에 김주홍의 앞자리에 앉아 서류를 내밀며 다시금 물었다.

"혹시, 가게 보증금 담보로 대출받았어요?"

그 물음에 가뜩이나 좋지 않았던 김주홍의 안색이 파랗게 질렸다.

서류 봉투를 제 쪽으로 가지고 가는 김주홍의 손이 사시나무처럼 떨리고 있었다.

그뿐 아니었다.

"아니, 그게…….

그의 목소리가 형편없이 흔들렸다.

도진의 의심이 순식간에 확신으로 바뀌었다.

"그래서 서류들을 다 직접 처리한 거죠? 우편물도 대출 관련 우편이 올까 봐 걱정돼서 손대지 못하게 한 거고."

김주홍은 몇 번이고 입을 열었다 닫기를 반복했지만, 결국 아무런 말도 잇지 못했다.

도진은 그가 입을 열기를 기다렸다.

카페의 문이 여닫히는 소리를 제외하고는 아무런 소음이 들리지 않았다.

그렇게 정적이 흐르기를 몇 분.

김주홍이 입을 열었다.

"도진아, 제발 비밀로 해 줘."

여전히 떨리는 목소리로 말하는 그의 표정은 사뭇 간절해 보였다.

"그렇게 신경 쓰면서, 오프닝은 왜 구해 달라고 한 거예요?"

"월급만으로는 대출금 상환이 힘들어서 새벽부터 오전까지 택배 일하느라, 그래도 지금 대출금은 거의 다 갚았어! 조금만, 조금만 더 모르는 척해 주면 내가 그 전에……."

변명을 늘어놓는 김주홍의 모습에 도진은 그제야 그 모든 것을 이해했다.

"왜?"

도진은 그의 말을 끊고 눈을 바라보며 물었다.

"왜 그런 거예요? 성은준 씨, 아니 은준이 형이랑 친하다고 들었는데, 아니었어요?"

김주홍은 도진의 질문에 눈을 질끈 감으며 대답했다.

"나도, 그러고 싶어서 그런 건 아니었어."

모든 것을 들켰다고 생각해서일까.

한숨을 푹 내쉰 김주홍은 한결 차분해진 듯한 목소리로 말을 이었다.

김주홍은 어쩔 수 없었다고 말했다.

그가 한국에 들어와 성은준과 가게를 차린 지 얼마 되지 않은 시점.

"집안 사정이 갑작스럽게 안 좋아지지만 않았어도."

김주홍은 마치 그때를 떠올리듯 고개를 푹 숙인 채 눈을 감고 말을 이었다.

"어머니가 쓰러지시고, 아버지는 백방으로 병원비를 모으셨는데……."

딱한 사정이었다.

어머니는 겨우 병상에서 일어나셨지만, 아버지는 감당할 수 없는 병원비에 여기저기서 돈을 빌리러 다니다 못해 결국 사채까지 썼다며 말하는 그의 목소리가 떨렸다.

불어나는 사채이자에 결국은 집까지 팔고 달방에 들어갔지만…….

"여전히 밑 빠진 독에 물 붓기더라. 내 월급으로는 병원비에 이자까지, 감당하기가 너무 어려워서."

"그래서 가게 보증금을 담보로 잡고 대출받았다고요?"

"말도 안 되는 일이기는 하지만, 정말 어쩔 수가 없었어. 내가 가진 건 이게 다였으니까."

하지만 도진은 쉽게 이해할 수 없었다.

"왜 은준이 형한테 말하지 않았어요?"

당장 개인적으로 여력이 되지 않는다고 해도 만약 김주홍이 도움을 요청했다면, 성은준은 분명 집안의 손을 빌려서라도 그를 도왔을 게 분명했다.

그런데 도대체 왜 그에게는 말하지 않았을까.

김주홍은 도진의 말에 잠시 머뭇거리다 이내 입을 열었다.

"……어떻게 말해, 이걸."

김주홍이 처음 요리를 시작했던 건, 초등학교 때였다.

그가 초등학교 4학년쯤, 아버지가 퇴직하고 사업을 시작하셨고…….

아버지의 사업을 돕느라 덩달아 바빠진 어머니는 어린 김주홍의 밥을 잘 챙기지 못하는 경우는 하루가 다르게 늘어갔다.

처음에는 어머니가 미리 준비해 둔 저녁거리를 꺼내 먹기만 하면 되었다.

하지만 바빠지는 사업에 점차 그마저도 챙기지 못하는 일들이 많아졌고, 결국 나중에는……

"주홍아, 식탁에 용돈 올려 뒀으니까 그걸로 저녁 꼭 챙겨 먹어. 알겠지?"

어머니의 걱정 어린 전화에 어린 김주홍은 편의점에서 간단하게 사 먹는 밥들에 익숙해졌다.

처음에는 맛있게 먹었다.

그러나 그것도 얼마 가지 못했다.

평소 같았다면 분명 식탁에 올려져 있는 용돈을 가지고 밥을 먹기 위해 밖으로 향했을 테지만, 문득 입안에 느껴지는 듯한 매번 비슷한 메뉴의 차게 식은, 푸석한 밥알.

그리고 어린 김주홍은 더 어렸던 때.

엄마와 함께 놀이처럼 저녁을 함께 준비하던 그때를 떠올렸다.

'나도 할 수 있지 않을까?'

언제나 어머니가 요리하는 모습을 지켜봐 왔다.

비록 혼자 주방에 서 본 적은 없었지만, 어쩐지 충분히 할 수 있을 것만 같았다.

어린 김주홍은 호기롭게 주방에 섰다.

그가 가장 처음으로 만든 음식은, 계란 볶음밥이었다.

어머니가 해 주셨던 가장 좋아하는 음식.

천재셰프
회귀하다

처음으로 혼자 만든 요리는 사실 서투르기 그지없었다.

소금과 설탕을 착각한 탓에 달콤했던 계란 볶음밥.

자신이 생각해도 어이가 없어 웃음이 터지는 맛이었지만 김주홍은 쌀 한 톨도 남기지 않고 모두 먹었다.

그리고 자신이 생겼다.

더 잘할 수 있을 것 같다는 자신이.

그때부터 김주홍은 용돈을 모아 요리책을 사고 저녁마다 혼자 밥을 해 먹곤 했다.

즐거웠다.

자신이 직접 무언가 만들어 낼 수 있다는 것이 놀라울 따름이었다.

부모님 몰래 무언가를 한다는 것도 재미있었다.

매일 저녁 자신이 먹고 싶은 음식을 직접 재료를 사서 만드는 일이 이어졌다.

김주홍의 실력은 나날이 일취월장해갔고, 결국 그의 자그마한 일탈은 냉장고에 늘어가는 재료들로 인해 들킬 수밖에 없었다.

어머니는 못내 자신이 해 주지 못한 것들에 대한 미안한 마음을 가지고 있었지만, 김주홍은 오히려 어머니에게 말했다.

"엄마, 나 요리사가 되고 싶어!"

셰프라는 꿈을 향한 첫발 디딤이었다.

김주홍에게는 타고난 재능도 있었지만, 가장 큰 강점은 그가 노력을 게을리하지 않는다는 것이었다.

게다가 김주홍에게는 자신의 꿈을 지원해 주시는 든든한 부모님도 계셨다.

그렇기에 김주홍은 분명 자신이 남들과는 다르다고 생각했다.

하지만 성은준을 만난 뒤.

그 생각에는 조금씩 금이 가기 시작했다.

"안녕하세요! 성은준입니다! 셰프가 되고 싶어 유학을 가기 위해 프랑스어를 배우려고 왔습니다. 잘 부탁드립니다!"

유학을 위해 다니기 시작한 프랑스 어학원에서 만난 성은준은 누가 보아도 밝게 빛나는 사람이었다.

무엇이든 잘하는 모습의 성은준은 요리마저 자신과는 비교도 안 되는 재능을 가지고 있었고, 그 재능을 뒷받침할 수 있는 막대한 배경도 있었다.

처음에는 그저 호기심이었다.

같은 꿈을 말하는 사람에 대한 작은 궁금증과 알아 가면 알아 갈수록 멋진 사람이라는 것에 대한 호감.

그리고 그건 점차 닿을 수 없는 곳에 대한 동경으로 변해 갔고, 함께 지내는 시간이 많아질수록 노력만으로는 도달할 수 없는 곳이 있다는 것을 깨달았다.

그래도 성은준은 분명 좋은 친구가 확실했다.

먼 타지에서의 힘든 유학 시절을 버틸 수 있는 서로의 버팀목이 되었다.

외국에서의 생활비가 부담스러워 국내로 돌아가려는 김주홍에게 돌아가 함께 가게를 차리자고 제안해 준 것도 모두 자신을 위해서였으리라.

국내로 돌아와 성은준과 함께 차린 가게는 함께 외국에서 일했던 금액과 각자 가지고 있던 자본들을 탈탈 털어 차린 가게였다.

좀처럼 다른 이들에게 곁을 내주지 않는 성은준은 자신에게만큼은 무한한 신뢰를 보여 주었다.

김주홍은 그런 성은준이 정말 고마웠고, 동시에 더 이상 그에게 무언가 더 도움을 받는 것이 부담스러워지기 시작했다.

그러던 찰나였다.

순간 휘청거린 집안 사업이 위태로워지기 시작했고.

"어머니!"

김주홍의 어머니가 쓰러진 것이었다.

수술비와 병원비, 그리고 치료비는 막대한 금액이 필요했다.

김주홍은 수도 없이 고민했다.

'은준이한테, 한 번만 도와 달라고 할까?'

하지만 쉬이 말할 수 없는 일이었다.

유학 시절부터 지금까지 너무 많은 도움을 받아 왔다.

게다가 이미 주변에서 많이 보아 오지 않았는가.

특히 유학 시절, 동향이라는 이유로 친한 척을 하곤 하는 이들이 있었다.

"은준이 형, 진짜 죄송한데 저 돈 좀 빌려주세요."

"성은준, 혹시 이번만 좀 도와줄 수 있어?"

그들은 다들 같은 레퍼토리였다.

돈이 많으니 이 정도는 당연히 친구를 위해 해 줄 수 있지 않냐는 분위기였다.

하지만 성은준은 언제나 흔쾌히 그들의 부탁을 들어주었다.

뻔히 보이는 거짓말에 도대체 왜 그랬던 것인지, 이유를 알 수 없었던 김주홍은 성은준에게 물었다.

"왜 그렇게 다 도와주는 거야?"

그에 성은준이 말했다.

"정말 필요했던 거면 어떻게 해."

세상 물정을 몰라도 너무 모른다고 느껴질 만큼 순진한 대답이었다.

천재셰프
회귀하다

김주홍은 그런 성은준을 보며, 자신만큼은 절대 그러지 말아야겠다고 생각했다.

아무리 그가 자신에게 무엇이든 도와주겠다며 말했다고 하더라도 더 이상의 도움을 바라는 것은 너무 염치없는 일이었다.

"그래서 혼자 해결할 수 있는 방법을 찾은 게 대출이었고요?"

"갑자기 큰돈을 구하는 게 쉽지 않아서……. 그래도 이제 원금도 얼마 안 남았어. 정말 조금만 더 갚으면 되니까, 그때까지만 비밀로 해 줘, 도진아."

"월급으로는 벅찼을 텐데 어떻게 갚은 거예요?"

"퇴근하면 새벽에는 택배 일도 하고, 부업도 하고. 돈 되는 일은 다 했었어. 그러니까!"

간절한 눈으로 도진을 바라보던 김주홍이 고개를 푹 숙인 채 손톱 끝을 뜯으며 말했다.

"다 끝나면, 내가 직접 다 말할 테니까……."

울먹이면 말하는 그의 목소리에 순간 마음이 약해질 뻔한 도진은 저도 모르게 알겠다며 대답하려 했다.

그 순간.

"그래도 말했어야지!"

김주홍의 뒷자리에서 익숙한 목소리가 들려왔다.

놀라 뒤를 돌아본 김주홍의 두 눈에 보인 건 다름 아닌 성은준이었다.

놀란 마음에 아무런 말도 하지 못한 김주홍은 그저 당황스러운 표정으로 성은준을 바라보았다.

그 모습에 도진이 어색하게 말했다.

"사실 서류 발견했을 때 이미 은준이 형한테 말해 뒀어요, 알아야 할 사실 같아서."

김주홍은 도진의 말에 고개를 푹 떨어트렸다.

모두 자신이 자초한 일이었기 때문이다.

이제 성은준이 자신을 해고한다고 해도 할 말이 없는 처지였다.

체념한 김주홍은 고개를 푹 떨구고는 말했다.

"미안해, 은준아. 할 말이 없다. 내가, 내가 그냥 관둘게."

"아니, 그건 안 되지. 따지고 보면 너도 가게에 지분이 있으니까. 그렇다고 이런 일이 있었는데 더 이상 너랑 같이 일할 자신은 없고……."

성은준의 입에서 흘러나온 말은 김주홍에게 비수가 되어 날아와 꽂혔다.

하지만.

"그러니까……."

곧 이어진 성은준의 예상치 못한 말이 나왔다.

"우리, 정정당당하게 대결하자."

얼이 빠진 듯 아무 대답도 하지 못하는 김주홍의 모습에,

성은준이 진지한 눈으로 그를 바라보며 다시 한번 말했다.

"너랑 나, 학교 다닐 때처럼. 그렇게 한번 겨뤄서 누가 나 갈지 정해 보자고."

하지만 김주홍은 여전히 당황스러운 성은준의 선언에 아무 말도 하지 못하고…….

그저 턱이 빠질 듯 입을 벌리고 멍하니 그를 바라볼 수밖에 없었다.

도진은 퇴근 후, 집으로 들어가며 곧장 성은준에게 연락해 김주홍이 숨겨 둔 서류에 대해 알렸다.

그러나 성은준은 처음 도진의 말을 들었을 때 도저히 믿을 수 없었다.

지금껏 자신이 봐 온 김주홍이 그럴 사람이라는 것이 믿기지 않았기 때문이다.

그렇기에 도진의 말에 반박하려 했다.

"말도 안 돼. 도대체 주홍이가 왜 그러겠어."

-하지만 서류 보내 드린 건 보셨죠?

"보긴 했지만, 그래서 챙겨 둔 게 아닐 수도 있잖아……."

-일단 제가 생각하는 게 맞다면, 빠른 시일내에 개인적으로 연락이 오겠죠. 그때까지 한번 기다려 봐요. 아니라면 다행인

거고요.

도진은 그렇게 말하며 전화를 끊었다.

성은준은 전화를 끊고도 한참이나 멍하니 그저 핸드폰 화면만을 바라보았다.

도저히 믿을 수가 없었기 때문이다.

모든 걸 다 떠나서 김주홍은 제일 친한 친구였다.

자신이 무엇이든 해 줄 수 있다고 자부하는.

'언제든지, 힘든 일 있으면 꼭 말하라고 분명 말했었는데…….'

김주홍도 분명 자신이 저를 그렇게 생각하고 있다는 것을 알고 있으리라 생각했다.

그렇기에 이런 식으로 독단적인 일 처리를 할 리 없다고 생각했다.

하지만 도진이 보여 줬던 서류들은, 자꾸 김주홍을 의심하도록 만들었다.

혹시나.

정말 혹시나 도진이 우려하며 했던 말들이 전부 진짜라면…….

'그때는 정말 어떻게 해야 할까.'

그리고 한참의 시간이 지나 늦은 밤.

도진의 연락이 온 순간.

-수 셰프가 연락해 와서 저희 집 앞 카페에서 보기로 했어

요.

성은준은 직접 듣고 결정을 내리기로 했다.

"나도 갈게. 문자로 주소 보내 줘."

도진이 보내 준 주소로 향하던 성은준은 한껏 긴장한 채 그곳으로 향했다.

이내 도착한 카페의 문을 조심스럽게 열고 들어서자, 조금 안쪽 테이블에 도진이 앉아 있는 것이 보였다.

그렇다면 그의 반대편.

문을 등지고 앉아 있는 한없이 움츠러든 저 어깨의 주인공 이 바로 김주홍이라는 것을 눈치챈 성은준은 커피를 한 잔 시킨 뒤.

김주홍의 뒷자리에 앉았다.

조용히 숨을 죽인 채 그들의 대화를 들었다.

"……어떻게 말해, 이걸."

그렇게 시작한 김주홍의 고백은 성은준에게 충격으로 다 가왔다.

많은 생각이 들게 했다.

'설마 했는데 이게 진짜였다니…….'

믿을 수 없다고 생각한 일이 정말로 일어나 버렸다.

성은준의 머릿속에서 잠깐의 시간 동안 수만 가지의 생각 이 스쳐 지나갔다.

처음에는 그냥 모르는 척할까 싶기도 했다.

그가 모든 일을 해결하고 난 뒤 자신에게 털어놓을 때까지 기다렸다가 '사실은 다 알고 있었다.'라고 말할까.

다음에 혹시 또 이런 큰 고민이 생기면, 그때는 자신에게 솔직히 털어놓아 달라고 할까…….

하지만 그렇게 되면 김주홍은 자신에게 더 큰 죄책감을 느끼게 될지도 몰랐다.

그런 생각까지 다다른 성은준은 결국 결심했다.

'말하자.'

그리고 김주홍을 향해 선언한 것이다.

"너랑 나, 학교 다닐 때처럼. 그렇게 한번 겨뤄서 누가 나갈지 정해 보자고."

놀란 김주홍의 얼굴을 바라보며 성은준은 결심을 굳혔다.

"그리고 지는 사람이 '가든파티' 운영권을 내려놓는 거야."

성은준의 단호한 목소리가 가게에 울려 퍼졌다.

김주홍은 도무지 일이 어떻게 돌아가는지 이해할 수 없었다.

갑작스럽게 나타난 성은준이 당황스러운 것은 물론이고, 자신이 모든 걸 들켰으니 '공동 대표'의 자리에서 물러나는 것이 모든 것을 제 위치로 돌려놓는 일이라고 생각했다.

그런데 이런 선언을 해 버리다니.

"너랑 나랑 새로운 메뉴를 만들어서 평가받고, 평가에서 지는 사람이 '가든파티'의 공동 대표자의 자리를 내려놓고 운영 일선에서 물러나는 거야."

그것이 성은준이 건넨 제안이었다.
더 이상 김주홍과는 함께 일할 수 없다는 그의 결단이 보이는 제안이기도 했다.
두 사람이 각각 오리지널 레시피로 요리를 만들어 내부 직원들은 물론, 몇 명의 외부 인사들을 초청해 평가하고, 승자를 가리자는 성은준의 말에 김주홍은 그게 도대체 무슨 말이냐며 질색팔색했다.
하지만 성은준의 고집을 꺾을 수는 없었다.
"대신 공평하게 대결 주제랑 평가 기준, 그리고 초청할 사람들은 도진이가 정하는 걸로 하자."
성은준은 이미 모든 마음의 준비를 끝마친 듯 그는 단호한 태도로 말했다.
결국 김주홍은 어쩔 수 없이 수긍할 수밖에 없었다.
그리고 이튿날.
시계의 시침은 숫자 8을 가리키고 있는, 다른 이들의 출근 시간보다 훨씬 이른 시간.

세 사람은 일찌감치 '가든파티'의 홀에 모여 있었다.

적당히 해가 잘 드는 4인석의 자리에 앉은 도진이 눈짓으로 성은준과 김주홍을 불렀다.

두 사람은 도진의 맞은편에 앉았다.

창가에 앉은 김주홍은 따스하게 내려오는 해를 느꼈다.

이렇게 마음이 편안해진 상태로 해를 맞는 게 언제가 마지막이었는지 기억도 나지 않았다.

'오랜만에 너무 잘 잤어.'

성은준에게는 말할 수 없었던 비밀을 만든 이후.

언제나 부업에 치이고, 불편한 마음에 치이며 한시도 편히 잠들 수 없었다.

이렇게 푹 잔 게 얼마 만인지.

아마도 그동안 끊임없이 자신을 짓누르던 무거운 짐을 성은준에게 들키듯 털어놓음으로써 마음이 한결 편해졌기 때문이리라.

덕분에 오늘의 몸 상태는 최상의 컨디션이 되어 있었지만, 한편으로는 성은준에게 잘못이 있는 자신이 이렇게 두 발 뻗고 자도 되는지 알 수 없었다.

그런 김주홍의 마음을 눈치채기라도 한 건지 도진이 물었다.

"두 사람 다 잘 잤어요?"

김주홍은 그저 머뭇거리기만 할 뿐 도진의 질문에 쉬이 대답하지 못했다.

아무 말도 하지 못하는 김주홍의 모습을 보며 도진은 알수 없는 미소를 지으며 가방에서 무언가를 꺼냈다.

"다른 직원들 오기 전에 두 분의 대결에 관해서 먼저 한번 얘기해 볼까요?"

"그러자."

심드렁한 채 앉아 있던 성은준이 그 말에 대답했고, 김주홍 또한 올 것이 왔다는 듯한 표정으로 긴장한 채 도진을 바라보았다.

도진은 그런 두 사람에게 무언가가 빼곡하게 써진 서류를 건넸다.

각자에게 건네진 두 장의 종이.

김주홍은 자신의 손에 들린 종이의 첫 장을 바라보았다.

그리고 곧 그의 시선을 사로잡은 문장이 하나 있었으니…….

그것은 바로.

'가든파티와 어울리는 새로운 메뉴의 8만 원 내외의 코스 요리를 만드시오.'

성은준과 김주홍이 대결을 하게 될 주제였다.

도진이 건넨 것은 다름 아닌 두 사람이 대결하게 되는 것에 관한 내용이 적혀 있는 서류였다.

앞 장에는 대결 주제는 물론, 코스트 계산부터 기본적으로 갖춰야 할 코스의 개수 등 평가 조건들이 적혀 있었고…….

뒷장에는 지는 사람이 '가든파티'의 운영권을 포기한다는 것에 대해 동의하며 이 모든 사실에 대해서는 비밀로 함구한다는 내용이 담겨 있는 동의서였다.

"동의서는 각자 사인하셔서 한 장씩 가지시면 됩니다."

서류를 확인한 김주홍은 도진과 성은준을 번갈아 보다가 조심스레 입을 열었다.

"꼭 이렇게 해야만 해? 그냥 내가 관두는 걸로……."

"안 돼."

김주홍의 말에 성은준은 이미 얘기 다 끝난 거 아니냐며, 이렇게 해야만 한다고 우겼다.

그 기세에 눌려 김주홍이 정신을 차리지 못하는 사이, 성은준은 이때를 놓칠까 싶어 빠르게 일을 진행시켰다.

"자, 너도 얼른 사인해!"

급하게 재촉하는 성은준에 의해 정신없이 사인까지 마친 김주홍이 정신을 차린 건 동의서를 교환한 이후였다.

'이게 정말 이렇게 해도 되는 건가?'

김주홍이 그런 의문에 휩싸였을 때, 도진이 입을 열었다.

"주제는 첫 장에 쓰인 그대로이고, 음식에 대한 맛이나 코스의 조화에 관한 평가는 1차와 2차로 나눠서 하려고요."

도진의 말에 성은준이 물었다.

"1차랑 2차? 어떻게?"

"1차는 기본적으로 내부 직원들에게 평가받고, 2차로는 외부에서 초청해서 시식회를 열어서 사람들의 평을 받는 거예요."

물 한 모금으로 입을 축인 도진이 말을 이었다.

"두 사람이 각자 초대 인원을 고르게 되면 공정하지 않을 수도 있으니까, 시식회 인원은 제가 임의로 섭외할게요. 그리고 1차랑 2차 모두 블라인드 테스트로 누가 어느 코스를 만들었는지 비밀로 할 테니 두 분은 최선을 다해 실력을 발휘해 주시면 됩니다!"

말을 마친 도진은 추가적으로 궁금한 게 있는지 물었고, 잠시 머뭇거리던 김주홍은 조심스레 입을 열었다.

"근데 갑자기 이렇게 대결한다고 하면 사람들이 조금 이상하게 생각하지 않을까?"

김주홍의 질문에 도진은 이미 이런 물음이 나올 것이라는 걸 예상이라도 한 듯 대답했다.

"직원들이나 다른 사람들에게는 혼란을 줄 수도 있으니, '신메뉴 콘테스트'라는 명목으로 대결한다고 할까 하는데, 어떻게 생각하세요?"

그 말에 대답한 것은 다름 아닌 성은준이었다.

"그거 좋은 생각이네. 그러면 되겠다."

직원들에게 어떻게 얘기해야 할지 결정된 이후부터의 일은 일사천리로 진행되었다.

내부 직원들의 블라인드 심사와 외부 인원의 시식회를 어떻게 진행해야 할지에 대한 구체적인 계획을 정리하던 찰나.

안쪽에서 부스럭대는 소리가 들리더니 이내.

"뭐야, 불이 왜 켜져 있어? 다들 뭐 하세요?"

주방에서 막내가 튀어나와 모여 있는 세 사람을 보며 놀란 듯 물었다.

시계는 어느덧 아홉 시를 가리키고 있었다.

'신메뉴 콘테스트'를 빙자한 성은준과의 대결에 관한 얘기를 끝마친 뒤.

오후 출근이었던 김주홍은 다시금 집으로 돌아가며 생각했다.

'다음 주 휴무일까지, 과연 할 수 있을까?'

내부 직원들의 평가를 대상으로 한 1차 테스트는 당장 다음 주였다.

어떻게든 할 수는 있었지만, 사실은 쉽지 않은 일이었다.

8만 원 내외의 6가지 코스 요리를 만드는 것.

원래 코스 요리를 창조해 낸다는 것 자체도 쉽지 않은 일이었다.

거기에다가 인당 8만 원이라는 리미트까지 걸려 있는 상황.

'그래도 해 볼 만해.'

집에 도착한 그는 오랜만에, 과거에 사용했던 책들을 펼쳤다.

오랜만에 잡는 펜이었다.

김주홍은 이러면 안 되는데 하면서도 괜히 가슴이 떨렸다.

어쩐지 학창 시절로 돌아간 기분이었기 때문이다.

마치 요리를 처음 시작했던 그때처럼…….

시간이 가는 줄도 모른 채 쉴 틈 없이 레시피를 구상했다.

지는 사람이 '가든파티'를 떠나야 한다는 큰 조건이 걸려 있기는 했으나…….

성은준에게 비밀로 하고 있던 사실을 들켰을 때.

이미 가게를 관둘 생각까지 했던 그로서는 이 대결에 큰 부담을 느끼지 못했다.

그 덕분이었을까?

처음 머뭇거리던 그의 손은 어느새 탄력이라도 받은 듯 빠르게 움직이며 메뉴들을 구상해 나갔다.

이미 학창 시절 때부터 수도 없이 해 봤던 일들이었기에 김주홍의 손은 거침이 없었다.

　이미 구상하고 있었던 요리들의 재료를 원가에 맞춰 재조합하고 거기에 '가든파티'의 색에 맞도록 조금씩 레시피를 변형해 보기도 했다.

　'이러고 있으니까 꼭 파리에서 공부할 때가 생각나네.'

　오랜만에 성은준과 함께 학창 시절로 돌아간 기분이었다.

　당시에는 성은준과 함께 페어를 짜 이런저런 요리 대회에도 많이 나가곤 했었다.

　둘이 함께 오리지널 레시피를 만들어 교수님이나 주변인들에게 평가받곤 하며 서로가 끊임없이 경쟁하며 함께 성장해 왔었다.

　처음 이 가게를 차리기 위해 몇 달 동안 밤낮을 고생하던 그때도 떠올랐다.

　젊고 무모한 시절이었다.

　집안 사정으로 인해 잘 다니던 파인다이닝을 관두고는 한국으로 돌아오고자 마음먹었을 때.

　사실 함께 일하자고 제안해 준 성은준의 말을 들었던 김주홍은 정말 놀랄 수밖에 없었다.

　자기가 뭐라고 이렇게까지 신경을 써 주는지 알 수 없는 노릇이었다.

　'게다가 집안 사정도 좋지 않을 때 사업이라니.'

원래의 자신이었다면 사실 절대 받아들이지 않을 제안이었다.

그러나.

올곧은 눈으로 자신에게 눈을 맞추며 말하는 성은준의 모습을 보자 어쩐지 확신이 들었다.

'이 사람이랑 함께 일하면 성공할 수 있을 것 같다.'

아무런 이유도 근거도 없는 확신이었지만, 어쩐지 정말 성은준과 함께라면 무엇이든 할 수 있을 것 같았다.

성은준은 함께하자고 했던 자신의 말에 책임이라도 지는 듯 실제로 가게를 준비하는 과정에서 김주홍의 편의를 많이 봐주었다.

어머니의 병간호를 병행해야만 했던 상황이었기에 성은준에 비해 가게를 오픈하는 데까지 있어 많은 품을 들이지 못했다.

그러나 성은준은 자신의 몫까지 일을 하면서도 힘든 티를 전혀 내지 않고 짬이 날 때면 오히려 문병까지 오곤 했다.

'그렇게까지 나를 생각해 주던 은준이였는데, 나는……'

그런 생각이 들 때마다 성은준을 향한 죄책감이 김주홍의 마음을 불편하게 했다.

하지만 지금 당장 자신이 할 수 있는 것은 없었다.

그저 성은준이 원하는 대로, 이 대결에 최선을 다할 수밖에.

그렇기에 김주홍은 그런 생각이 들 때마다 더욱더 레시피를 짜는 일에 몰두했다.

그렇게 정신없이 몇 시간이 흘렀을까?

그는 평소 출근 시간에 맞춰 설정해 두었던 알람을 듣고서야 정신을 차릴 수 있었다.

출근 준비를 하면서도 틈틈이 아이디어가 생각하면 책상으로 돌아가 메모하던 김주홍은 결국 허겁지겁 밖으로 향할 수밖에 없었다.

김주홍이 마지막까지 펜을 놓지 못하던 그 자리에는 검은색 글씨가 빼곡하게 찬 종이들이 잔뜩 널브러져 있었다.

그는 가게에 출근해 일을 하면서도 코스에 대한 레시피를 어떻게 변형하고 재조합할지에 대해 고민했다.

정말 이 메뉴가 '가든파티'에서 팔리게 될 경우도 몇 번이고 고민했다.

'우리 가게에 있는 와인 리스트랑도 잘 어울릴 것 같아.'

'이렇게 만들면 사이드로 이 샐러드를 추가해서……'

'코스에 있는 메뉴를 단품으로도 판매하면 좋을 것 같은데. 아니, 오히려 코스에만 있어야 코스 메뉴가 잘 팔릴 수 있으려나.'

이런저런 고민을 곁들이던 김주홍은 어느새 이 대결에 대한 고민은 물론이고 성은준을 향한 죄책감도 잠시 기억 저 뒤편으로 사라졌다.

지금, 그의 마음속에는 그저 요리를 처음 시작했던 때의 즐거움만 넘실거리고 있었다.

　반면.

　김주홍이 떠난 뒤 도진과 함께 남은 성은준은 씁쓸하게 김주홍이 떠난 자리를 응시하고 있었다.

　주방은 하나둘씩 출근한 가게 직원들로 인해 북적거리는 소리가 나기 시작했다.

　'설마, 이걸 정말 받아들일 줄은 몰랐는데.'

　도진은 생각에 잠긴 듯한 표정을 한 성은준을 향해 물었다.

　"은준이 형, 정말 이대로 진행할 거예요?"

　"당연하지."

　사실 이 대결은 도진과 성은준이 함께 짠 판이었다.

　과연 이게 어찌 된 일인고 하니······.

　모든 시작은 도진이 별생각 없이 흘리듯 말한 것에서부터 시작되었다.

　도진이 김주홍과 보기로 한 당일, 그 시간.

　그에게 주소를 받았던 성은준은 혹시나 정말 김주홍이 자신에게 그런 비밀을 숨기고 있으면 어떡하나라는 생각에 휩싸였다.

그리고 그게 진실일 경우.

어떻게 해야 할지 고민에 빠졌다.

그만큼 도진이 든 가설이 그럴듯했기 때문이다.

심지어 성은준은 김주홍의 사정을 더 자세히 알고 있었기 때문에, 그 이유에 대해서도 얼추 추측할 수 있었다.

'아마도 어머니가 아프셨던 것 때문이겠지.'

김주홍이 성은준을 특별하게 생각하는 것처럼, 성은준에게도 김주홍은 특별했다.

그저 부잣집 아들이 아닌 자신을 진정으로 봐주는 몇 안되는 친구 중 하나였다.

그렇기에 성은준은 김주홍에게 함께 일하자고 제안한 것에 대해서 후회하지 않았다.

다만…….

'그렇게나 상황이 안 좋았으면 나한테 조금이라도 언질을 줬다면 좋았을 텐데. 그럼 내가 어떻게든…….'

분명 상황을 미리 알고 있었다면 어떻게든 그를 도우려 했을 것이었다.

하지만 한편으로 김주홍이 자신에게 차마 말하지 못한 이유도 어느 정도는 알 것 같았다.

적지 않은 시간을 함께했다.

스무 살 때부터 무려 햇수로 따지면 7년.

거진 10년이 다 되어 가는 시간이었다.

그동안 성은준의 주변에는 좋은 사람들도 분명히 있었지만, 그의 재력을 눈치채곤 콩고물을 바라는 날파리 같은 이들도 많았다.

김주홍은 바로 곁에서 그런 이들을 지켜봐 왔던 이였다.

그렇기에 쉬이 자신에게 돈에 관한 얘기를 꺼낼 수 없었을 터였다.

'하지만 주홍이랑 걔네는 엄연히 다른데.'

이렇게 일을 처리했을지도 모른다는 사실이 너무 안타까웠다.

그래서 성은준은 도진이 말해 준 주소로 향하며 전화를 걸어 솔직한 심정을 털어놓았다.

"도진아, 만약에 주홍이가 정말 그랬다면, 내가 어떻게 해야 할까?"

-사실 더 이상 같이 일한다는 게 말이 안 되기는 하죠. 그렇게 되면 김주홍 셰프를 자르는 게 맞지 않아요?

도진의 말은 냉랭한 현실을 일깨워 줬지만, 쉬이 그럴 수 없었다.

성은준에게 김주홍은 여전히 둘도 없는 친구였기 때문이었다.

도진은 수화기 너머 한참 동안 말이 없는 성은준의 모습에 한숨을 푹 내쉬며 말했다.

-김주홍 셰프한테 연락이 왔다는 건 사실상 제가 말한 게 거의 맞았다는 얘기고, 그렇다면 결국 계속 같이 일하기는 힘드니까 둘 중 하나는 나가는 게 맞아요.

성은준은 도진의 말에 동의했다.

그러나.

"하지만 만약 그게 정말이라면, 주홍이 상황이 그만큼 안 좋다는 건데……. 정말 그래도 되는 걸까?"

걱정이 앞섰다.

만약 김주홍이 일을 관두고 난 뒤.

빠르게 일을 구하지 못한다면, 그때는 어떻게 되는 것일까.

자신과 김주홍, 도진만이 입을 다물면 아무도 모를 일이기는 했지만, 만약 이 일이 다른 사람들에게 퍼지기라고 하면?

그게 아니더라도 김주홍이 이대로 일을 그만두게 된다면 분명 자신에 대한 죄책감을 마음 한편에 품은 채 평생을 지낼 것이었다.

성은준은 김주홍이 그러는 것은 원치 않았다.

두 사람 사이에 한참 동안 정적이 흘렀다.

　-그러면 뭐 어떻게 해요. 둘이 싸워서 이기는 사람이 남든가.

도진이 흘리듯 퉁명스럽게 얘기했다.

그러고는 이제 곧 김주홍이 도착할 것 같다며 전화를 툭

끊었다.

성은준은 도진이 보내 준 카페의 앞에 서서도 잠시 고민에 빠졌다.

'과연 이렇게 가는 게 맞는 걸까.'

직접 가서 듣는다고 무엇이 달라질까.

오히려 결정만 더 어려워지는 게 아닐까.

하지만 이렇게 피할 수만은 없었다.

'직접 듣고, 결정하자. 그리고 정말이라면, 도진이 말대로 싸워서 이기는 사람이 남지, 뭐.'

그래서 김주홍에게 그렇게 말했던 것이었다.

"우리, 정정당당하게 대결하자."

그리고 김주홍이 떠나고 잠시 뒤.

둘만 남은 카페에서 도진이 성은준에게 말했다.

"형, 진짜…… 와, 진짜 그걸 말할 줄은 몰랐는데."

그렇게 말한 도진은 웃음을 참지 못한 채 성은준을 바라보았으나, 자신의 예상과는 다르게 성은준은 잔뜩 굳어 있었다.

"그러게, 이제 진짜 어떡하지. 도진아, 네가 좀 도와주라."

성은준은 동아줄이라도 잡는 듯한 표정으로 도진을 바라보고 있었다.

결국 도진은 어쩔 수 없다는 듯 한숨을 내쉬며 성은준이 저지른 일을 함께 수습하기 시작했다.

"알겠어요. 일단 형, 겨뤄 보자고 얘기했던 거. 진심이에요?"

"그럼, 당연하지. 정정당당하게 겨뤄서 후회는 남기고 싶지 않아."

성은준의 말을 들은 도진은, 그때부터 '서바이벌 국민셰프'에 출연했던 사람으로서.

그동안 겪어 왔던 미션들을 참고해 이 대결의 틀을 잡기 시작했다.

"잘 봐요. 일단 기본적인 주제는 '가든파티'에 어울리는…….."

성은준은 도진의 말을 들으며 점점 빠져드는 듯한 기분을 느꼈다.

도진이 너무나 자연스럽게 세부적인 틀을 만들어 나가고 있었기 때문이다.

'그래 봤자 서바이벌 프로그램에 한번 참가해 봤던 이력이 다였을 텐데, 이런 건 도대체 어떻게 하는 거지?'

신기한 눈으로 도진을 바라보던 성은준은 놀란 채 말을 꺼냈다.

"도진아, 너는 요리사가 안 되었어도 뭐든 했을 것 같아."

하지만 너무 뜬금없는 성은준의 말에 도진은 한숨을 푹 내쉬며 타박했다.

"갑자기 그게 무슨 말이에요. 집중 안 해요?"

"으응, 아니. 아니야, 집중하고 있어."

별안간, 성은준의 머릿속에서 도진에 대한 무한한 신뢰가 각인되는 순간이었다.

일요일은 '가든파티'가 그 어떤 날보다 바쁜 요일 중 하나였다.

마감 청소까지 끝마친 직원들은 모두 피곤함에 찌든 얼굴이었다.

"으아! 집에 가자! 퇴근!"

"내일만 일하면 화요일에는 쉰다!"

"가 보자고!"

모두가 퇴근을 하기 위해 준비를 하며 머지않은 휴일을 기대하고 있었다.

하지만 그런 기대감도 잠시.

"다들! 퇴근 전에 공지 있으니까 잠깐만 홀에 모여 주세요."

갑작스러운 김주홍의 집합에 모두가 탄식했다.

그렇게 홀 직원들은 물론이고 주방 직원들까지 모두 홀에 모였지만, 김주홍은 잠시만 기다려 달라는 말을 하고는 공지를 시작하지 않았다.

그에 무슨 일인지 의문이 들 때쯤.

"아이고, 다들 기다리게 했네."

"늦어서 죄송해요. 이 앞에서 차가 좀 막혀서."

성은준과 도진이 등장했다.

두 사람의 등장에 더욱더 영문을 알 수 없어진 직원들은 얼굴 한가득 물음표가 떠 있었다.

그 모습에 성은준이 서둘러 이야기를 시작했다.

"오늘도 힘드셨을 텐데, 퇴근하기 전에 이렇게 모이게 해서 죄송합니다."

성은준의 서사가 길어지는 듯하자 옆에 서 있던 도진이 그의 옆구리를 찔렀다.

그러자 성은준이 한숨을 푹 내쉬며 바로 본론을 꺼냈다.

"다름이 아니라 여러분을 이렇게 여기 모이시라고 한 것은……."

직원들은 도무지 알 수 없는 이 상황이 궁금한 듯 고개를 갸웃대며 성은준의 입이 떨어지기만을 기다리고 있었다.

그리고 이내.

"다름이 아니라 신메뉴 콘테스트 때문입니다."

"네? 신메뉴요?"

"대박, 저희 메뉴 개편해요? 근데 콘테스트는 뭐예요?"

"멍청아, 딱 들으면 몰라? 신메뉴랑 콘테스트랑 붙으면 뭐겠어!"

천재셰프
회귀하다

직원들은 성은준의 말에 웅성거리기 시작했다.

그중 한 명이 손을 들고 물었다.

"그러면 신메뉴 콘테스트는 어떤 식으로 진행되는데요?"

그 물음엔 도진이 대답했다.

"우선 개편되는 메뉴는 저희 코스 메뉴이고, 레시피는 성은준 셰프님과 김주홍 셰프님이 각각 준비하실 겁니다."

"그럼 평가는요?"

"좋은 질문이네요. 여러분이 이렇게 모여 있는 이유기도 하죠. 평가는 총 두 번에 나누어서 할 예정인데, 1차는 내부 평가이고 2차는 외부 평가로 진행할 예정입니다."

도진이 잠시 숨을 고른 뒤 다시금 말을 이었다.

"우선 1차 내부 평가는 직원분들이 두 코스 모두 맛을 보고 투표할 예정이고, 누가 어떤 음식을 만들었는지는 알 수 없도록 블라인드 평가로 진행될 예정입니다."

도진의 말이 끝나기도 전에 여기저기서 웅성거리는 소리가 들리기 시작했다.

재미있겠다는 반응과 우리가 또 언제 이렇게 셰프님들이 공들여 만든 음식을 먹어 볼 수 있겠냐는 말이 여기저기서 튀어나왔다.

한껏 고조된 분위기였다.

"다만……"

머뭇거리며 입을 뗀 도진의 모습에도 직원들은 장난기가

가득했다.

"다만, 왜요? 뭔데요?"

"아, 도진 셰프님, 지금 진행하시는 거예요? 혼자 방송 중인 거 아니야?"

"야, 빨리 어디 카메라 있는지 찾아봐!"

마치 '60초 후에 공개됩니다.'처럼 느껴지는 도진의 뜸에 직원들이 깔깔거리며 웃었지만.

그 분위기는 그렇게 오래가지 못했다.

도진의 입에서 나온 한마디 때문이었다.

"1, 2차 테스트 모두 '가든파티'의 휴무일인 화요일에 진행될 예정입니다."

잠시 정적이 흘렀다.

10명의 주방 직원들과 6명의 홀 매니저와 서버, 그리고 도진과 성은준, 김주홍까지.

홀에는 모두 열아홉 명이 모여 있었지만, 숨소리조차 들리지 않을 정도로 조용했다.

보다 못한 도진이 조심스럽게 입을 열었다.

"저, 다들…… 궁금한 점 없으신가요?"

그러자 어디선가 작은 목소리가 들렸다.

"그러면, 저희 휴무는……?"

"아무래도 다음 주는 휴무 없이 풀 근무를……."

도진의 말이 이어질수록 직원들의 눈에서 원망이 더욱 커지는 듯했다.

모두 같은 말을 하는 듯한 눈빛이었다.

'무려 주 6일을 일하고 맞이하는 소중한 하루의 휴무인데.'

도진은 다급히 손사래를 치며 말했다.

"아, 물론 참가는 자율이니까, 그날 별일 없거나 오고 싶은 분들만 오셔도 됩니다!"

도진의 해명에 자신의 휴무를 지킨 듯한 직원들이 모두 안도의 한숨을 내쉬었다.

그때.

어디선가 또 조그마한 목소리가 들렸다.

"근데 그날 안 나오면 시식할 기회가 없는 거 아니야?"

그 말에 직원들의 얼굴이 어찌할 수 없도록 일그러졌다.

도무지 어느 것 하나 맘 편히 선택할 수 없는 상황이었다.

도진은 그런 그들을 보고 있자니 미국의 유명한 비극이 떠올랐다.

'먹느냐 쉬느냐, 그것이 문제로다.'

제3자의 입장인 도진은 그저 웃음만 나오는 상황일 뿐이었다.

빠르게 찾아온 화요일.

휴무일이었지만 성은준과 김주홍의 요리를 먹을 기회를 놓칠 수 없었던 직원들은 결국 모두 1차 평가에 참석했다.

성은준과 김주홍은 반듯하게 다려진 조리복을 갈아입고 주방으로 들어섰다.

만반의 준비를 마친 두 사람이 앞치마를 재정비했다.

완벽한 블라인드 평가를 위해 도진이 일일 서버를 자처했기 때문에 다른 홀 서버들도 없었다.

주방에는 오로지 도진과 성은준, 그리고 김주홍 세 사람뿐이었다.

"다들 자리에 앉았는데, 셰프님들도 준비가 다 되었으면 이제 시작할까요?"

도진의 말이 끝나기 무섭게 요리를 시작한 두 사람은 순식간에 집중하기 시작했다.

완벽한 셰프의 모습이었다.

⊰⊱

성은준은 빠르지만, 차근차근 재료를 준비하기 시작했다.

어차피 직원들이 먹고 평가할 예정이었기 때문에 가볍게 생각할 수도 있었지만, 성은준의 손길은 그 어느 때보다 섬세하게 손질에 공을 들이고 있었다.

오늘 시식을 위해 모인 직원들은 파트타임을 포함해 모두

16명이었다.

'조급해하지 말자.'

김주홍과의 대결은 갑작스럽게 성사된 것이었지만, 그렇다고 쉬운 상대가 되어 줄 생각은 없었다.

성은준은 자신이 할 수 있는 모든 실력을 발휘해 전력으로 그를 상대할 예정이었다.

'그렇기 때문에 코스를 짜는 데 더 공들여야만 해.'

그런 생각을 한 성은준은, 도진에게 주제를 들었을 때 다시 한번 '가든파티'에 대해 생각해 보는 시간을 가질 수 있었다.

'가든파티와 가장 잘 어울리는 요리는 무엇일까.'

처음 이 가게를 오픈할 당시 성은준은 이곳이 사람들에게 휴식처가 될 수 있기를 바랐다.

유학을 위해 나갔던 프랑스에서의 시간은 정말 소중했고, 많은 깨달음을 얻을 수 있었다.

외국에서는 몇 시간씩 여유롭게 다이닝을 즐기는 곳이 있는 반면.

한국은, 특히 서울은 너무나도 빠른 시간 속에 매일을 경쟁하며 하루를 치열하게 살아가는 사람들이 많았다.

치열하게 경쟁하며 산다는 것이 잘못된 것은 아니었다.

하지만 그 과열된 분위기 속에 숨을 돌릴 시간이 너무나도 적다는 것이 문제였다.

그래서 성은준은 그 복잡한 세상 속에서 잠시 숨을 돌릴 수 있는 곳을 만들고 싶었다.

'잠깐이나마 여유를 즐길 수 있는 곳.'

도심의 빌딩 숲 사이.

이런 공간이 있을 것이라고는 생각지도 못할 만큼 고즈넉하고 아늑한 정원을 만들어 모두가 식사를 하는 그 순간만큼은 여유롭게, 마음을 편히 놓을 수 있는 곳을 만드는 것이 목표였다.

이곳에 오는 사람들이 가벼운 식사를 하며 휴식을 취하기도 하고, 좋아하는 사람들과 모여 파티를 즐기기도 하는.

그가 생각하는 '가든파티'는 그런 곳이었다.

그렇기에 언제나 산뜻하고, 무겁지 않은, 밝은 느낌의 분위기를 내기 위해 노력했다.

그리고 이번 대결에서 성은준이 선보이려고 하는 요리들도 그의 뜻과 일맥상통했다.

일상에서 여유를 느낄 수 있을 만큼 산뜻하고, 가볍고, 예쁜.

그런 성은준의 생각은 지금 그가 만드는 아뮤즈 부쉬에서 여실히 드러나고 있었다.

'이제 오븐에서 토스트칩만 꺼내서 세팅 시작하면······.'

오븐에 넣어 둔 작은 토스트 칩을 꺼낸 뒤 접시를 꺼내 세팅을 시작한 성은준의 손이 미세하게 떨리고 있었다.

'그래도 이만하면 훌륭해.'

통밀 토스트칩에 오리로 만든 *리예트(*고기를 지방과 향신료를 첨가해 열을 가하여 만든 프랑스의 스프레드)를 동그랗게 모양 잡아 올린 뒤 트러플로 마무리했다.

그리고 바로 옆에 작은 투명한 볼을 내려놓은 성은준은 바닥에 얇게 바질페스토를 바른 뒤.

작게 찢어 둔 양상추를 얹고 그 위에 광어 회와 단 새우를 차곡차곡 쌓았다.

모든 것이 자신의 생각대로 되고 있다는 생각에 성은준은 슬쩍 미소를 지었다.

비록 바쁜 일정 탓에 좀 더 많이 연습해 보지 못한 게 아쉬웠지만, 방송과 가게, 인터뷰 등의 바쁜 스케줄을 오가면서도 레시피를 적어 둔 수첩을 손에서 놓지 않았다.

머릿속에서 몇 번이고 수정에 수정을 거치며, 좀 더 맛있는 요리를 만들기 위해 쉴 틈 없이 시뮬레이션을 돌렸기에 성은준의 손은 너무나도 자연스럽게 움직였다.

하지만 그건 김주홍도 마찬가지였다.

"아뮤즈 나왔습니다!"

김주홍의 완성을 알리는 소리에 덩달아 차분히 준비하던 성은준의 손도 다급해지기 시작했다.

시간 싸움은 아니었지만, 김주홍이 자신보다 앞서 나가고 있다는 사실이 그의 마음을 조급하게 만들기에는 충분했다.

도진은 두 사람이 요리를 시작한 것을 확인한 뒤 홀로 향했다.

오늘의 평가를 위해 휴무를 반납하고 가게에 나와 준 직원들을 바라보았다.

저마다 모여 대화를 나누던 그들은 도진이 나오는 모습에 반갑게 말을 꺼냈다.

"셰프님, 이제 시작하는 거예요?"

"평가는 어떻게 하면 되는 건가요?"

중요한 일정이 있어 어쩔 수 없이 나오지 못한 이들을 제외하고는 직원 대부분이 1차 평가를 위해 모인 것이었다.

도진은 그들을 네 개의 테이블로 나눠 앉도록 한 뒤, 오늘 있을 신메뉴 콘테스트를 어떻게 진행할지에 대해 설명하기 시작했다.

"두 분이 각각 새로 선보이고자 하는 메뉴들을 하나의 코스 형태로 선보일 예정입니다. 다만……."

인당 하나의 코스가 아닌 한 테이블당 하나의 코스가 나올 예정이라며 말한 도진은 그들에게 종이를 한 장씩 나눠 주며 말을 덧붙였다.

"각각의 코스를 모두 맛보고 난 뒤 나눠 드린 평가지에 점수와 아쉬웠던 점, 좋았던 점 등을 메모해서 주시면 됩니다.

그리고 이름은 꼭 적어 주셔야 해요."

직원들은 저마다 자신에게 주어진 종이를 살펴보기 시작했다.

평가지는 매우 간단하게 되어 있었다.

가장 위 '신메뉴 콘테스트'라고 적힌 제목 아래에는 각각 A 코스와 B 코스로 나뉘어 가장 위 칸에는 점수를 적을 수 있게 되어 있었고.

그 아래에는 자율적으로 각 코스에 대한 의견을 적을 수 있는 칸이 준비되어 있었다.

"와, 이거 받으니까 갑자기 막 긴장돼."

"그러니까, 우리가 이렇게 두 분을 평가하는 날이 올 줄이야."

"너무 신기하다."

도진은 평가지를 든 채 긴장과 설렘이 섞인 얼굴로 웅성거리고 있는 직원들을 뒤로한 채 주방으로 향했다.

오랜 시간이 지나지 않아, 각각의 코스가 전개되기 시작했다.

누가 어떤 음식을 만들었는지 알 수 없도록 진행되어야 했기 때문에 도진이 홀로 움직이며 모든 음식을 테이블로 내왔다.

주방에서도 성은준과 김주홍이 각자의 코스를 홀로 전개해야 했기 때문에 정신없이 바빴다.

직원들은 모두 저마다 자신의 앞에 놓인 메뉴들을 진중한 표정으로 평가하기 시작했다.

플레이팅은 물론 들어간 재료와 어떻게 조리했는지, 그리고 어떤 맛을 표현하고자 했으며, 얼마나 그것을 구현해 냈는지 파악하며 맛을 보았다.

각각 A 코스와 B 코스로 지칭하며 음식을 내왔기 때문에 누가 어떤 요리를 만들었는지 알 수 없었던 만큼.

직원들은 좀 더 객관적으로 평가에 임할 수 있었다.

"메뉴가 연달아서 묵직한 게 나오니까 이쯤에서 리프레시 할 수 있게 좀 상큼한 게 나왔으면 좋을 텐데."

"여기는 너무 상큼하고 가볍기만 해서 좀 묵직한 메뉴가 섞였으면 좋겠어."

"그러게, 이렇게 반반 섞으면 좋을 것 같은데, 그치?"

저마다의 평을 나누며 모든 시식을 끝낸 직원들은 이내 자신의 테이블이 깔끔하게 치워지자, 고이 보관하고 있던 종이를 꺼내 들었다.

그리고 도진이 나눠 준 펜을 들어 오늘의 메뉴에 대해 감평을 남긴 뒤, 점수를 적기 시작했다.

누군가는 빠르게 점수를 적었지만, 누군가는 한참 동안 고민하며 겨우 점수를 적기도 했다.

"아, 다 했다."

"근데 진짜 너무 맛있었어. 우리 이렇게 편하게 앉아서 셰프님들 요리 먹는 거 처음 아니야?"

"그러니까, 그 와중에 점수까지 매기고, 이거 가문의 영광으로 삼아야 할지도 몰라, 진짜."

직원들은 저마다 오늘 출근하기를 너무 잘한 것 같다며 만족스러운 얼굴을 하고 있었다.

도진은 그 모습에 미소를 지었다.

'아직은 그저 행복하겠지.'

그저 평가라고만 생각한 직원들은 자신이 메긴 점수가 어떻게 돌아오게 될지에 대해서는 아무것도 몰랐기 때문에 웃을 수 있는 일이었다.

그들의 행복한 미소는 지금, 이 순간만큼은 영원히 이어질 것만 같았다.

모두의 평가지를 거둬 간 도진이 한마디를 남기기 전까지는.

"다들 자기가 점수 더 높게 준 코스 기억하죠?"

갑자기 이게 무슨 일이냐는 듯 어리둥절한 표정으로 자신을 바라보는 직원들을 향해 도진은 말을 이었다.

"최종 평가가 되는 다음 주 외부 초청 시식회에서는 본인이 더 높은 점수를 준 코스를 만든 셰프를 도와 요리를 만들게 될 예정입니다."

그러고는 사무실로 돌아가려던 도진이 깜빡했다는 듯 다시금 몸을 돌려 한마디를 덧붙였다.

"참고로 인원이 안 맞을 수도 있어서 몇몇 사람들은 임의로 배치할 수 있으니 각자 어느 팀에 배치되었는지는 내일 공지하도록 하겠습니다. 오늘 평가하느라 고생 많으셨고 조심히 들어가세요!"

도진은 자신이 할 말만 하고는 사라져 버렸고.

직원들은 그런 도진의 뒷모습을 얼이 빠진 채 바라볼 수밖에 없었다.

당황스러운 마음에 아무 말도 못 하는 직원들을 뒤로한 채 주방으로 돌아온 도진은 진이 빠져 조리대에 기대 있는 성은준과 김주홍을 바라보며 말했다.

"고생 많으셨습니다!"

하지만 두 사람은 도진의 인사는 귀에 들어오지도 않는 듯 대답조차 하지 않고 한곳에 시선을 고정하고 있었다.

그들의 시선 끝이 자신의 손에 쥐어져 있는 종이 뭉텅이로 향해 있다는 것을 눈치챈 도진은 두 사람과 자기 손을 번갈아 보았다.

그리고 이내, 종이를 쥔 손을 위아래로 큼직하게 휘적였다.

성은준과 김주홍은 여전히 몸을 축 늘어트린 채였지만, 고개는 마치 움직이는 장난감에 시선을 빼앗긴 고양이처럼 도진의 손에 쥐어진 종이 뭉치를 따라 움직였다.

"와, 진짜, 두 사람 다 대단하네요."

"그래서? 결과는 어떻게 됐는데?"

"누가 이겼어?"

앞다퉈 승자를 묻는 질문에 도진은 괜히 종이들을 소중히 품에 안고는 말했다.

"어차피 결과는 2차 평가도 마무리된 후에 공개할 거니까, 뒷정리는 저한테 맡기고 오늘은 얼른 들어가서 푹 쉬세요. 2차 평가 시식회 때 함께하게 될 팀원은 내일 공지할게요."

도진의 말에 김이 샌 듯한 두 사람은 도진에게 인사를 건넨 뒤, 짐을 챙겨 돌아갔고.

홀로 남은 도진은 주방의 뒷정리를 빠르게 마친 뒤 '가든파티'의 2차 평가인 시식회를 위한 준비를 시작했다.

평가지를 확인한 뒤, 각 팀원을 정리한 도진은 이내 전화번호부를 뒤적이기 시작했다.

"네, 잘 지내셨어요?"

"아, 인호 형. 혹시 바빠?"

"다른 게 아니라……."

여기저기 전화를 돌리며 안부를 묻던 도진은 머지않아 슬그머니 숨겨 두었던 본론을 꺼냈다.

"혹시 다다음주 화요일에 바빠요? 아니면 식사 한 끼 대접하고 싶어서요."

자연스럽게 꺼낸 말에 대부분은 흔쾌히 동의했고, 이내 이어진 도진의 말에 다들 의문을 표했다.

　"그러면 그날 '가든파티'로 와 주시면 돼요."

　"식사 대접한다더니, 거기는 너 일하는 데 아니야?"

　그 말에 도진이 멋쩍게 말을 덧붙였다.

　"사실 그냥 평범한 식사 대접은 아니고, 이번에 가게 메뉴 개편하는데 코스 요리 메뉴 평가 좀 부탁드리려고요."

　그 말에 사람들의 반응은 제각기 나뉘었다.

　아무 일 없이 식사 대접일 리 없다며 그럴 줄 알았다는 사람들부터 일정 때문에 가지 못할 것 같은데 다른 사람을 추천해도 되냐는 사람, 그리고 재미있겠다는 사람들까지.

　사람들의 반응은 다양했지만, 어찌 되었든 도진의 섭외는 순항 중이었다.

　다음 날 도진은 직원들이 모두 모여 있는 공간에서 함께할 팀원이 공개했다.

　"그럼 이렇게 해서 성은준 셰프님은 A팀, 김주홍 수 셰프님의 팀은 B팀으로 지칭하겠습니다. 두 팀 다 파이팅입니다!"

　"근데 그럼 도진 수 셰프는 뭐 해요?"

"저는 공정한 심사를 도울 예정입니다."

도진의 심심한 대답에 아쉬운 표정을 한 직원은 이 신메뉴 콘테스트에 한껏 과몰입한 듯했다.

"에이, 같이 껴서 C팀까지 만들었으면 더 재밌었을 것 같은데."

"오, 진짜로. 그렇게 했으면 더 흥미진진했을 것 같아."

"그럼 나는 도진 수 셰프 팀에 들어갈래."

"야, 너 그거 배신이야. 우리 셰프님을 두고 어떻게 그런……."

진지한 표정으로 실없는 대화를 나누는 직원들의 모습을 보며 도진은 저도 모르게 미소를 머금었다.

'아무도 이번 일이 신메뉴 콘테스트를 빙자한 은준이 형과 수 셰프의 대결이라는 것은 전혀 짐작도 못 하는 것 같군.'

어찌 되었든 한층 더 과열되어 가고 있는 듯한 대결 구도에도 '가든파티'는 여전히 영업을 이어 가기로 했다.

직원들의 월급과 이번 콘테스트로 인해 사용되는 시간의 추가 수당을 지급해야 하기 때문에 수입이 꾸준히 필요한 것은 물론이었고, 완전히 가게를 쉬기에는 그동안 단골손님이 빠질 수 있다는 우려 때문이었다.

다만 모두 손발을 맞춰 볼 시간이 필요했기 때문에, 메뉴 개편으로 인한 재정비를 이유로 오픈 시간을 브레이크 타임 이후로 미뤘다.

성은준은 이 대결에 진심인 듯했다.

"우리 팀은 따로 연습할 수 있는 곳을 구할 테니까 가게에서는 B팀이 연습하는 걸로 하자."

각 팀이 한 공간에서 연습하게 되면 서로 부딪히는 일도 많고, 의식하게 된다며 성은준은 자신이 직접 쿠킹 스튜디오를 빌릴 정도로 이 대결에 모든 힘을 쏟아부었다.

그로 인해 브레이크 타임 전까지는 두 팀이 각각의 공간에서 신메뉴 콘테스트를 위해 연습할 수 있었다.

성은준의 그런 모습은 김주홍의 승부욕에 제대로 불을 지폈다.

덕분에 김주홍은 이미 준비해 둔 메뉴를 몇 번이고 다시 재정비하고 팀원들이 알아보기 쉽도록 레시피를 정리했다.

"레시피는 여기 적혀 있는 대로 외우면 돼."

김주홍이 함께 코스를 준비하기로 한 이들에게 내민 종이는 총 8장이었다.

직원들에게 평가받을 당시 작성해 두었던 레시피를 다른 이들도 알아보기 좀 더 편하게 정리한 내용이었다.

지난 몇 년간 레시피를 직접 정리하던 습관이 이렇게 쓰이게 될 줄은 몰랐지만, 레시피를 정리하던 김주홍은 그동안 멈춰 있었던 것만 같았던 자신의 성장이 눈에 보이는 듯했다.

직접 손으로 쓴 흔적이 역력한 레시피는 척 보기에도 상당히 깔끔하고 상세했던 덕분에, 같은 팀이 된 직원들은 김주홍이 건넨 종이를 보며 감탄했다.

"와, 대박 깔끔해."

"수 셰프님 글씨는 진짜 언제 봐도 너무 예쁜 것 같아요."

"맞아, 진짜로. 그리고 진짜 보기 좋게 정리되어 있는 것 같아."

한참 종이를 넘기며 레시피를 확인하던 직원들 중 한 명이 마지막 장을 확인하고는 궁금하다는 듯 물었다.

"그런데 셰프님, 이 밑에 적힌 건 전체 코스 금액인 거예요?"

"어, 그러면 우리 메뉴 개편하고 나면 코스로 바뀌나요?"

직원들의 물음에 김주홍이 대답했다.

"가장 뒷장에 적힌 금액은 총금액이 맞아. 그리고 메뉴를 개편해도 구성이 코스로 바뀌지는 않을 거야."

여전히 이해하지 못했다는 듯 자신을 바라보는 직원들의 눈빛에 김주홍은 설명을 덧붙였다.

"각 메뉴 밑에 보면 단품 가격이 있지. 판매는 이전이랑 다를 거 없이 진행될 예정이야. 단품으로 시킬 수도 있고, 세트 구성에서 손님이 직접 선택해서 자기만의 세트를 주문할 수 있도록."

"그러면 왜 코스 금액이 따로 있는 거예요?"

사실 각 단품의 메뉴와 더불어 이 메뉴들의 코스로 판매될 경우의 금액도 정해 달라고 한 것은 도진이었다.

　2차의 시식회에 올 평가단에게 번거롭게 각각 단품의 메뉴 금액을 설명하는 것보다, 하나의 코스로 전체 메뉴를 통틀어 평가받기 위한 이유였다.

　거기에다 도진은 추가적으로 금액에 대한 제한을 걸었다.

　'8만 원 내외의 코스'

　김주홍은 괜히 8만 원 내외라는 금액까지 정해 준 것이 아닐 터였다.

　사실상 신메뉴 콘테스트라는 명목하에 '가든파티'를 앞으로 누가 이끌어 갈지를 결정하는 대결이었다.

　식당을 운영할 때 가장 중요한 부분을 꼽으라면 당연히 원가계산과 수익률이었다.

　도진은 성은준과 김주홍에게 작성한 레시피와 단품 가격, 코스 가격을 결정하고 원가계산 내용을 함께 정리해 제출해 달라고 했으니.

　이 부분 또한 도진이 만든 평가 기준에 들어갈 것이 분명했다.

　그렇기에 김주홍은 단품의 메뉴는 물론이고 코스로 판매될 금액까지 몇 번이고 꼼꼼하게 계산했다.

　인건비 25%, 음식 재료비 30%.

　그 외 전기와 수도 등 대부분의 지출을 20%로 잡았을 때 수익은 25%.

식자재를 제외한 집기들은 모두 가게에 이미 준비되어 있었고…….

그 외에 지출 내용은 평균적인 금액을 대략 잡아 계산했다.

그렇게 해서 정해진 판매 금액 86,000원.

조금 더 저렴하게 만들 수 있었으면 좋았을 테지만 현재 판매되는 메뉴의 금액대를 생각했을 때, 이 정도면 나쁘지 않았다.

이런 자세한 내막을 모르는 직원들에게는 어떻게 설명해야 할지 고민하던 김주홍은, 일부의 진실만 말하기를 택했다.

"이번에 시식회 와 주시는 분들한테 일일이 단품 가격 설명하기는 번거로우니까, 그냥 전체 코스로 평가받기로 해서 그런 거야."

김주홍의 그럴듯한 대답에 이내 고개를 끄덕이며 납득한 막내 직원은 다시금 레시피의 가장 뒷장에 치열한 원가 계산의 흔적을 눈으로 훑어보며 감탄했다.

"와, 그러면 이거……. 혼자 다 준비하신 거죠? 진짜 대박. 이런 거 보면 나는 아직 한참 멀었다, 진짜."

김주홍이 정리한 원가계산과 레시피를 번갈아 보던 막내 직원이 말을 더듬어 가며 물었다.

"그래, 요 녀석아, 짬이 어디 안 간다 이 말이야."

넉살 좋게 말하는 김주홍의 얼굴에는 뿌듯함이 가득 담겨 있었다.

그도 그럴 것이.

김주홍에게는 오랜만에 요리 자체에 한껏 집중할 수 있는 시간이었다.

'재미있었어.'

비록 자신의 실수로 인해 벌어진 일이었고, 성은준이 준 기회나 마찬가지인 일이었기에 처음에는 마음이 영 불편했지만.

시간이 거듭될수록 마치 새로운 도전을 하는 것만 같은 기분이었다.

그런 김주홍의 기분 얼굴에서부터 드러났다.

웃음을 터트리며 장난스럽게 대답하는 김주홍의 모습에 직원들 또한 어쩐지 자신감이 차올라 분위기는 화기애애하게 흘러갔다.

레시피를 본인들이 직접 구현해 내기 전까지는……

본격적으로 메뉴를 연습하기 시작한 이후, 김주홍은 조곤조곤했지만 그래서 더 무서웠다.

그가 하는 말은 모두 피가 되고 살이 되는 말이기도 했다.

"다시! 소스를 너무 많이 졸였어. 적당한 농도를 맞추는 게 제일 중요하다고 몇 번을 말해!"

지금의 '가든파티'는 파인다이닝이라고 하기에는 조금 더 캐주얼했고, 그렇다고 그냥 일반 식당이라고 생각하기에는 가격대가 비쌌다.

이 모든 것은 기본적으로 좋은 재료를 써야 한다는 생각을 가진 성은준과 김주홍의 가치관이 반영되어 있기 때문이었다.

그렇기에 김주홍은 메뉴를 준비하면서도 재료에 많은 신경을 썼고.

"이렇게 되면 오버 쿡이잖아. 손님한테 이걸 먹으라고 내놓을 거야? 다시!"

그가 이렇게 혹독한 연습을 시키는 이유기도 했다.

비싼 재료들, 좋은 재료들을 사용해 손님에게 내간다는 이유로 폐기되는 부분이 많은 파인다이닝에 비할 바는 아니었지만.

하나의 음식을 망치면 새로 만드는 데 드는 비용을 무시할 수 없었다.

게다가 김주홍은 기본적으로 끊임없는 연습을 통해 완벽을 추구하는 사람이었다.

모든 손님의 테이블에 동일한 퀄리티의 음식을 내기 위해서는 눈을 감고서도 요리를 완성해 낼 수 있어야 한다고 생각하는 사람이었다.

그런 연유로, 김주홍이 지금 이 순간 가장 중요하다고 생각하는 것은 절대적인 연습량이었다.

이미 주방에서 몇 년을 함께 일했지만, 이 레시피로 손발을 맞추는 것은 처음이었기 때문에, 몇 번이고 연습을 거쳐야만 했다.

김주홍은 한 번 더 외쳤다.

"다시!"

눈 감고도 이 레시피를 해낼 수 있을 만큼 능숙해져야만 한다는 그의 굳은 의지가 보이는 듯했다.

최대 4명이 앉을 수 있는 테이블 스물다섯 개.

다른 테이블과 간섭 없이 자유롭게 식사할 수 있는 건 물론이거니와, 서로 간의 대화가 잘 들리지 않을 만한 거리감 있는 배치.

오늘의 이벤트에 맞게 조금 바뀐 '가든파티'의 홀은 이전과 별반 다르지 않아 보였다.

주방 역시 크게 달라진 것은 없었지만 가운데 큼직한 그릴을 기점으로 내에 가벽만 세우지 않았다 뿐이지 두 개의 섹션(Section)으로 깔끔히 분리해 둔 채였다.

"안녕하십니까!"

"좋은 아침!"

이제 막 해가 떠오르기 시작한 시간이었으나 직원들이 하나둘씩 출근하기 시작했다.

가게의 휴무 날이었음에도 직원들은 다른 때보다 더 정신없고 분주히 움직이는 중이었다.

그도 그럴 것이, 오늘이 바로 메뉴 개편 테스트를 위한 날이었기 때문이다.

이런 행사는 처음이었기 때문에, 주방에는 긴장감이 가득 맴돌고 있었다.

"재료 다 들어왔으니까 확인해 보세요!"

"농어 안 보이는데요?"

"저희 딱새우 발주 누락된 거 아니죠?"

바쁘게 움직이고 있는 건 비단 주방 직원들만이 아니었다.

도진도 정신없이 홀과 주방을 왔다 갔다가 하며 서버들과 매니저에게 당부를 건네고 있었다.

"매니저님, 테이블 세팅이랑 예약 모두 끝난 거죠?"

"오늘 와인은 전부 서비스로 나가는 거니까 셀렉은 전적으로 맡길게요. 잘 부탁드려요."

"서버분들도 오늘 메뉴 새로 나가는 거 설명 잊지 않도록 한 번 더 복기해 볼게요."

김주홍과 성은준의 대결 구도를 만들어 낸 도진은 이번 신메뉴 코스의 콘테스트에는 나가지 않았지만, 직접 평가할 이들을 초청했기에 조금은 긴장하고 있었다.

도진은 다양한 경로로 알게 된 요리와 관련된 업계에 종사하고 있는 많은 이들을 평가단으로 초청했다.

그런 인맥은 더 오랜 시간 업계에서 일한 성은준이나 김주홍이 더 많았을 테지만, 형평성을 위해 도진이 홀로 평가단을 꾸리게 되었다.

'다들 이 장난 같은 상황을 잘 받아 주셔서 다행이지.'

모두 흔쾌히 그들의 부탁을 들어주었기 때문에 좀 더 완벽한 서비스를 제공해야만 한다는 의무감이 생긴 도진이었다.

그것은 성은준과 김주홍, 그리고 함께 평가를 받게 될 직원들도 모두 같은 생각이었다.

다들 바쁜 와중에도 오늘을 위해 시간을 비워 준 이들이었다.

실수란 있을 수 없는 일이었다.

그런 생각으로 다들 하나같이 분주히 움직이고 있기 때문인 걸까?

주방은 평소보다 한층 더 정신이 없어 보였고, 그 안에 있는 사람들의 어깨는 오늘따라 더 긴장한 듯 굳어 있었다.

───※───

도진은 분주히 움직이는 주방의 인원들을 바라보았다.

"셰프, 랍스터 바로 손질 시작하면 될까요?"

"셰프님, 죄송합니다! 저 이거 실수한 것 같은데 한 번만 봐주실 수⋯⋯."

"잠깐만, 일단 이것만 먼저 마무리하고 금방 봐줄게."

새것처럼 빳빳하게 다린 조리복 차림의 직원들은 오늘의 코스 요리를 위한 재료 준비에 여념이 없어 보였다.

물론.

낯선 상황과 더불어, 새로운 요리를 검증받아야 한다는 생각에 가득 긴장한 듯한 직원들도 있었다.

타다다다닥-!

하지만 그렇지 않은 사람도 있었다.

차분하되 숙련된 솜씨로 빠르게 재료를 다듬고는 *포션 (*portion:1인분 분량의 식재료를 나눠 두는 작업)을 해 나가는 두 사람.

김주홍과 성은준이었다.

해외에서 함께 공부했다는 그들은 사소한 습관들이 닮아 있었다.

그 모습을 지켜보던 도진은 결국 갈라서야만 하는 두 사람의 앞날에 대해 잠시 생각했지만 이내 당장 지금 이 순간에 집중하기로 마음을 먹었다.

중요한 것은 지금, 과연 누구의 메뉴가 더 좋은 평가를 받을 수 있을지였다.

'다들 오늘을 위해 준비 많이 했지.'

주방의 모든 인원이 자신의 자리를 지키며 해야 할 역할을 정확히 해내고 있었다.

새로운 메뉴들에 자신이 해야 하는 일들이 조금씩 바뀌었지만, 그럼에도 본인이 해야 할 일들을 버벅대지 않고 해 나가는 모습이 마치 꾸준히 해 왔던 일을 하는 사람들처럼 보였다.

꾸준한 반복 연습의 결과였다.

셰프의 지휘 아래 몇 번이고 같은 과정을 반복했던 연습량이 빛을 발하기 시작한 것이다.

11시 40분.

각 팀이 모든 준비를 마칠 때쯤.

도진이 주방에 들어섰다.

"오늘의 영업 준비는 다 끝났겠죠?"

도진은 두 사람을 번갈아 가며 쳐다보고는 물었지만, 굳은 표정의 성은준과 김주홍은 서로를 바라보지 않았다.

그저 도진을 바라본 채 대답할 뿐이었다.

"12시 시작인 거지?"

"준비는 다 끝났어."

비장한 표정을 하고 자신을 바라보는 두 사람의 모습에 도진은 다시금 룰을 언급했다.

"각각 A와 B, 두 팀으로 나뉘며, 평가단은 A, B 각 팀의 코스 중 마음에 드는 것을 골라 시식한 뒤 점수를 매기게 됩니다. 모든 평가가 끝난 뒤 이 점수들을 합산한 뒤 평균치를 계산해 총점을 매길 예정입니다."

진행 방식에 대해 듣는 성은준과 김주홍이 짐짓 진지한 표정을 하고 있었다.

"그리고 이기는 사람이, 메뉴 개편 후 재오픈 시 메뉴에 대한 결정권을 가지게 될 예정입니다."

이제 곧 손님들이 몰려올 시간이었다.

주방에는 적막한 고요와 함께 긴장감이 감돌고 있었다.

11시 59분.

이내 도진이 시계를 한 번 올려다봤다.

"모두, 파이팅입니다."

그렇게.

12시 00분.

본격적으로 손님을 맞이할 시간이 되었다.

12시 5분.

초청받은 평가단이 모두 자리에 앉았을 무렵.

주방에도 하나둘씩 오더가 들어오기 시작했다.

"12번 테이블, 안심, 미디움 하나, 미디움 레어 하나!"

"9번 테이블, 가리비, 양고기!"

"서버! 7번 테이블 전체 요리 서빙 부탁드리겠습니다!

"여기! 가리비 준비됐습니다!"

새로운 메뉴를 만들어 내는 주방 내부는 그야말로 아비규환의 장이었다.

일단.

더 많은 주문이 몰린 'A 코스'는 벌써 동선이 꼬인 모양인지 몇몇 직원들이 우왕좌왕하고 있었다.

한꺼번에 주문이 들어온 탓에 더 당황한 것이 분명했다.

다행히 헤드 셰프인 성은준이 간신히 동선을 정리해 주며 어찌어찌 해 나가고는 있었으나……

그의 몸은 하나였으니, 한계가 있을 수밖에 없었다.

"셰프, 컴플레인입니다! 관자가 덜 익었대요! 새로 해 주세요!"

얼마 지나지 않아 덜 익은 관자가 덩그러니 담긴 접시가 주방으로 되돌아왔다.

반면.

김주홍이 이끄는 'B 코스'는 'A 코스'에 비해 주문량이 적었지만 조급해하지 않고 안정적으로 요리들을 만들어 냈다.

마치 아주 오래전부터 만들어 온 메뉴를 내는 것처럼 숨 쉬듯 자연스러운 움직임이 이어졌다.

한입 요리인 아뮤즈 부쉬부터 시작해 두 가지의 전채 요리와 메인, 그리고 식사 메뉴와 디저트 메뉴까지.

주문의 순서와 식사의 호흡에 맞게 쉴 틈 없이 요리를 하는 모습은 마치 기계적이라고 해도 무방할 정도였다.

각 파트별로 추가하고자 하는 메뉴들로 모두 6단계로 구성된 코스를 선보여야 하는 상황인 데도 김주홍이 이끄는 주방은 한 치의 오차 없이 돌아가는 중이었다.

오랜 시간 같은 메뉴로 함께 합을 맞춰 온 사람들처럼 한 없이 매끄러운 동선과 순환을 선보이고 있었을 뿐.

"테이블 넘버 25, 스테이크 접시 되돌아옵니다!"

서버가 앞서 서비스했던 스테이크 접시를 회수해 오고 있다는 사실을 귀신같이 체크한 김주홍이 재차 지시했다.

"바로 프로마쥬 와인 서비스할 테니까 디저트 섹션은 머랭 케이크 준비하세요!"

다행히 되돌아온 스테이크 접시는 깨끗이 빈 채였다.

'좋아.'

이내 김주홍이 다시금 주방 상황을 꼼꼼히 살피며 지휘를 살펴 나갔다.

"막내야, 신규 아뮤즈 하나만!"

"예, 셰프!"

"그릴, 7번 테이블 양고기 가자!"

심지어.

"생선은 내가 나갈게, 소스 좀 봐 줘!"

빈자리가 생긴다면 자신이 들어가 주문을 쳐 냈다.

그야말로 일당백.

전반적인 지휘는 물론이고, 재고 관리, 홀의 흐름 파악, 플레이팅에 조리까지…….

밀려드는 주문에도 모두가 일사불란하게 움직이는 'B 코스'의 주방은 마치 완벽한 오케스트라처럼 보였다.

"자, 서비스!"

그리고 그 중심에는 지휘봉을 든 김주홍이 서 있었다.

우왕좌왕하는 성은준과는 한없이 상반될 정도로 안정적이고 여유 있는 모습이었다.

지금껏 꾸준히 주방에서 그가 노력해 왔다는 것을 알 수 있는 대목이기도 했다.

오늘의 시식회에 초청받아 온 대부분의 이들은 모두 도진과 안면이 있었기 때문에, 서로 건너건너 아는 사이들도 많았다.

덕분에 본의 아니게 만남의 장이 되어 버린 이곳에서, 유독 다른 이들의 눈길을 받는 사람이 있었으니.

바로 윤희정이었다.

'요식업계의 유명 인사.'

그녀가 유명한 것은 40대임에도 불구하고 여전히 아름답고 고혹적인 외모만큼이나 높은 심미안과 함께 어지간한 셰프들 뺨치는 예민한 미각을 기반으로 집필한 비평 때문이었다.

국대 최고 권위의 미식 잡지인 '타임랩스'의 편집장이라는 직책에 오를 만큼 상당한 능력을 겸비한 그녀의 또 다른 이명은 바로 '양날의 검'이었다.

윤희정의 글은 풍부한 표현으로 황홀할 만큼 맛 표현을 기가 막히게 해 읽는 이로 하여금 자연스럽게 그 맛을 상상하게 할 만큼 생생했다.

그런 그녀의 호평을 받은 가게는 맛집으로 소문나 언제나 문전성시를 이룰 정도였다.

하지만, 맛이 없는 업장에는 가차 없이 신랄한 독설을 내뿜곤 했고.

그 덕분에 요식업에 몸을 담고 있는 이들은 대들 내심 그녀에게 호평 받아 맛집 반영에 올라 매출을 상승시킬 기회를 엿보기도 했으나…….

다른 한편으로는 그녀의 독설을 받을까 두려운 마음에 자신의 업장에는 제발 걸음하지 않기를 바라기도 했다.

그런 윤희정이 도진과 과연 어떻게 인연이 있는가 하니.

그녀는 도진이 '서바이벌 국민 셰프'에 출연했을 당시, 도진의 코스를 인상 깊게 맛봤던 사람 중 한 명이었다.

도진에게는 그저 스쳐 지나갈 수 있는 인연이었지만, 그녀는 '서바이벌 국민셰프'가 끝난 뒤로도 도진의 행보를 유심히 지켜보고 있었다.

그리고 도진이 아틀리에의 두 번째 시즌을 이끌어 나가게 된 그 순간.

그녀는 자신의 손으로 직접 수많은 인파를 뚫고 예약에 성공해 드디어 값을 지불하고 도진의 요리를 먹을 수 있었고.

자신의 눈은 여전히 틀리지 않았다는 것을 확인하며 세 번째 시즌까지 섭렵한 뒤.

"김도진 셰프님께 잘 먹었다고 전해 주세요."

서버에게 명함을 전달해 달라고 부탁하며 도진과 개인적인 친분을 틀 수 있게 되었다.

물론 도진이 그녀에게 직접 연락한 것은 명함을 전달받은 직후 감사 인사를 건네던 그때 한 번뿐이었고.

윤희정도 개인적으로 도진에게 따로 연락할 일은 없었다.

그렇기에 이렇게 갑작스러운 도진의 연락에 놀랄 수밖에 없었고, 그 내용에 한 번 더 당황할 수밖에 없었다.

"시식 평가요?"

─네, 예전에 저희 서바이벌 국민셰프 촬영할 때처럼…….

처음에는 황당무계한 일이라고 생각했지만, 듣다 보니 재미있을 것 같았다.

'신메뉴 콘테스트라니.'

도진이 직접 참여하는 것은 아니었기에 아쉽게도 느껴졌지만, 이것만으로도 충분히 흥미로웠다.

'아틀리에 계약이 끝나고 난 뒤로 어떤 행보를 보일지 궁금했는데, 갑자기 가든파티에서 일하면서 이런 깜찍한 일을 벌이고 있었군.'

자세한 내막을 알지는 못했지만, 윤희정은 도진이 가는 곳마다 재미있는 일들이 생기는 듯한 기분이 들었다.

그녀는 도진에게 일정을 확인해 보고 연락을 주겠다고 한 뒤.

결국 이 재미있는 촌극에 참석하기로 결정했다.

'과연 얼마나 맛있을지, 궁금하네.'

이곳과 너무나도 안 어울리지만, 다른 한편으로는 이 일에 가장 잘 어울리는 그녀가 지금 가든파티에 있는 이유였다.

자리에 앉은 그녀는 테이블마다 준비된 메모를 읽어 내렸다.

이미 도진이 전화로 평가단을 섭외하며 한차례 설명한 것들이었지만, 좀 더 수월한 진행을 위해 준비된 메모였다.

'A랑 B 코스 둘 중에 하나를 먹고 점수를 매기면 된다는 말이었지?'

설명을 읽고 있던 그녀는 이윽고 홀 서버가 건네준 메뉴를 살폈다.

두 개의 코스에 대한 메뉴가 적힌 메뉴판은 가장 아래에는 가격까지 적혀 있어 그럴듯한 모양새를 띠고 있었다.

'메뉴 자체는 둘 다 나쁘지 않은데.'

홀로 자주 식사하던 평소의 그녀였다면 둘 중 어느 코스를 골라야 할지 고민했을 테지만, 오늘만큼은 망설임 없이 서버를 향해 말했다.

"각각 하나씩 주세요."

이렇게 주저 없이 주문을 할 수 있었던 이유는 다름 아닌 윤희정의 앞에 앉은 이 덕분이었다.

그녀가 오늘따라 더 많은 시선을 받은 이유 중 하나이기도 했다.

"잠깐, 내 의견은 필요 없는 거야?"

"뭐 어때. 내 덕에 온 거면서. 하나씩 해서 나눠 먹으면 더 다양하게 맛볼 수 있고 좋잖아."

"끄응. 그것도 맞긴 하는데."

윤희정의 앞에 앉아 그녀의 말발에 한참 밀려 억울한 표정을 짓는 남성.

그는 바로 국내 유일한 미슐랭 3스타 파인다이닝의 셰프, 윤희수였다.

많은 이들이 두 사람이 앉은 테이블에 시선을 힐끔거렸다.

그도 그럴 것이 도무지 알 수 없는 조합이었기 때문이었다.

그리고 그들을 의아함과 궁금증이 섞인 눈으로 지켜보는 이들 가운데.

놀란 표정을 숨기지 못한 채 윤희정의 테이블을 바라보는 이가 있었으니.

'아니, 선생님. 일행이 있을 거라고만 했지, 이렇게 유명한 분일 거라고는 말씀 안 하셨잖아요.'

도진이었다.

도진이 이렇게 당황하는 것도, 분명 이유가 있었다.

혹시나 하는 마음으로 물어봤던 윤희정이 선뜻 오겠다고 한 것도 도진에게는 놀라운 일이었다.

그래서 그녀가 일행을 한 명 더 데리고 가겠다고 했을 때도 흔쾌히 알겠다고 대답했다.

문제는 그 일행이 윤희수일 거라고는 생각지도 못했다는 것이었다.

윤희수.

그가 어떤 인물인가.

국내 유일한 미슐랭 별 세 개 파인다이닝의 헤드 셰프.

유학파 유명 셰프들 사이에서도 특히 더 눈에 띄는 이력을 가지고 있었다.

미국 CIA 요리학교를 졸업한 그는 미국의 여러 레스토랑에서 스타쥬를 거쳐 오랜 시간을 미국에서 일하며 지냈다.

그런 그의 이력 중에서도 가장 손에 꼽을 만한 것은 다름 아닌 맨해튼에 있는 3스타 파인다이닝 '르 베르나르댕'이었다.

한국에 들어오기 직전까지 그곳에서 일했던 윤희수는 '르 베르나르댕'의 유일한 한국인 셰프로 *소시에르(*Saucier:소스를 전문으로 만드는 요리사, 수석 조리장 중 가장 높은 직급)의 자리까지 올라간 인물이었다.

그런 그가 갑작스럽게 한국행을 결정하고, 이내 국내에 파인다이닝을 차렸을 때는 많은 이들이 우려의 눈길을 보냈다.

유명한 파인다이닝의 높은 직급을 꿰차 놓고는, 잘 다니다 말고 갑작스럽게 국내에서 파인다이닝을 차린다는 것이 걱정이 될 법한 일이기도 했다.

하지만 윤희수는 뚝심 있게 자신의 의지를 굽히지 않고 정통 프렌치 파인다이닝을 오픈했고.

모두의 우려와 달리 그는 결국 첫해에 미슐랭의 별 하나를 받을 수 있었다.

이후로도 해를 거듭할수록 안정적인 운영을 하며 작년에는 미슐랭의 별 세 개를 손에 쥔 남자.

그것이 윤희수였다.

도진은 어째서 자신의 눈앞에, 고작 '신메뉴 콘테스트'라는 명목하에 열린 이 행사에 그가 있는지 알 수 없는 노릇이었다.

'……이게 도대체 무슨 일이지?'

그런 도진의 마음을 아는지 모르는지, 윤희수는 그저 오랜만에 재미난 일을 발견한 것처럼 해맑게 웃고 있을 뿐이었다.

윤희수는 정말 즐거웠다.

'이런 행사가 있을 줄이야. 너무 재미있는 아이디어인 것 같아.'

얼굴 한가득 미소를 띠고 있는 그의 얼굴은 도저히 사십 대 중반의 나이라고는 생각할 수 없었다.

그만큼 해맑은 그의 얼굴은 여전히 동심이 가득한 어린아이 같았다.

대부분 무표정으로 일관하며 가끔 한쪽 입꼬리를 올린 채 비뚜름한 미소를 짓는 윤희정과는 정반대되는 모습이었다.

두 사람의 이미지는 완전히 극과 극이었고, 그렇기에 사람들은 전혀 눈치챌 수가 없었다.

설마하니.

윤희정과 윤희수가 남매일 거라고는.

처음 도진의 연락을 받은 윤희정이 곧바로 도진에게 확답하지 않았던 것은 도진이 말한 날짜에 오빠인 윤희수와의 식사 약속이 있었기 때문이다.

오랜만에 시간이 맞은 두 남매는, 정확히 말하자면 윤희수는 그녀에게 얼굴 좀 보자며 맛있는 걸 사 주겠다고 보고 싶다며 보챘다.

하지만 도진의 연락을 받은 그녀는 전화로 했던 얘기를 또 반복할 자신의 오빠와 얼굴을 마주 보고 식사를 하는 것보다는, 도진이 말한 평가에 참여하는 것이 훨씬 더 재미있고 생산적이리라고 생각했다.

그래서 처음에는 윤희수에게 다음에 보자고 말했다.

하지만 그 한마디로 포기할 윤희수가 아니었으니.

"왜? 뭔데? 오랜만에 얼굴 보고 얘기 좀 하자니까!"

몇 번이고 무슨 일이냐며 되묻는 윤희수의 모습에 윤희정은 수화기 너머에서도 화를 참는 것이 느껴질 만큼 크게 한숨을 내쉬었다.

─어차피 오빠 근황은 다 들어서 아는데 또 듣다가 귀에서 피 날 것 같아. 나 그날 다른 일 생겼으니까 그냥 다음에…….

"너, 그렇게 말하면 오빠 서운해. 무슨 일인데? 나랑 선약이었잖아."

자신의 약속을 취소하려는 윤희정의 모습에 윤희수는 서

천재셰프
회귀하다

운한 티를 가감 없이 표현했다.

사실 그가 이렇게 서운함을 느끼는 것은 어린 시절의 기억이 뚜렷해서일지도 몰랐다.

초등학교 때까지만 해도 윤희정은 완벽한 오빠 바라기였다.

고작 세 살 차이의 오빠를 어찌나 쫓아다녔는지.

'어릴 때는 방긋방긋 웃으면서 그렇게 놀아 달라고 따라다녔었는데.'

이제는 완벽히 관계가 전환된 두 사람이었다.

스무 살이 되자마자 미국으로 떠났던 윤희수는 먼 타지에서 의지할 곳 하나 없어 외로운 날이면 가족들에게 전화를 걸어 안부를 묻곤 했다.

특히 그중에서도 동생이었던 윤희정과는 서로의 고민 상담을 할 정도로 많은 얘기를 주고받았다.

부모님이 걱정하실까 봐 차마 하지 못하는 얘기들을 서로 터놓고 얘기하던 두 사람은 여타 다른 남매들과 비교했을 때.

좀 더 돈독한 사이가 될 수 있었다.

윤희정도 처음에는 그런 자신과 오빠의 관계가 매우 자랑스럽고 뿌듯했으나, 그가 한국에 돌아와서도 시도 때도 없이 전화를 걸어 수다를 떨기 시작하자 생각은 바뀌었다.

윤희정은 거리가 멀었을 때가 좋았다고 생각하면서도 결국 윤희수에게 약했다.

한껏 서운해하는 자신의 오빠를 보자 마음이 약해진 그녀는 결국 약속을 취소하지 않는 대신.

괜찮다면 함께 가자며 '가든파티'의 신메뉴 시식회에 참석을 권했고, 윤희수는 생각지도 못한 일에 신이 나 덜컥 동의했다.

"이런 재미있는 일이 있었으면, 진작에 알려 줬어야지."

"생기자마자 알려 줬잖아. 옷깃 구겨진 거나 좀 정리해. 진짜 손 많이 가네."

"너는 진짜 오빠한테 말버릇이 그게 뭐야?"

"웃겨, 정말. 언제부터 그런 걸 따졌다고. 오늘 밥 먹기 싫어?"

자신의 으름장은 전혀 무섭지 않다는 듯 코웃음을 치는 윤희정의 모습에 윤희수는 낄낄거리며 웃어 댔다.

이러니저러니 해도, 둘이 함께 있을 때는 어린 시절의 모습이 툭툭 튀어나오는 것이 마치 친한 친구와도 같은 남매였다.

그렇게 두 사람이 티격태격하기를 얼마나 지났을까?

"아뮤즈 부쉬 서비스해 드리겠습니다. A 코스는 어느 분이신가요?"

양손에 접시를 쥔 서버가 다가와 물었고, 윤희수가 서버를 바라보며 말했다.

"이쪽입니다."

천재셰프
화귀하다

서버가 두 사람의 앞에 각 코스의 '아뮤즈 부쉬'가 담긴 접시를 내려놓았다.

그가 사라지자 두 사람은 각자의 접시에 담긴 아뮤즈를 번갈아 보더니 고개를 끄덕이곤 나이프를 이용해 반을 자르기 시작했다.

미식을 즐기는 남매가 각기 다른 코스를 시켜 식사를 즐기는 방법이었다.

각각의 코스에 세 개의 아뮤즈 부쉬.

그걸 반으로 나누자 총 여섯 개의 아뮤즈 부쉬가 나왔다.

"다 먹고 어떤 코스가 더 좋았는지 점수를 매겨야 하니까, 각각 어떤 코스의 요리인지 잘 기억해야 해. 알겠지?"

윤희정은 윤희수에게 한번 더 당부를 한 뒤.

자신의 접시에 놓인 여섯 개의 요리를 바라보았다.

시소와 전갱이.

연어 타르트.

엔다이브와 가리비.

유채 퓌레와 바닷가재, 마티니 젤리.

오리간 무스 브리오슈.

레지아노치즈와 앤초비로 만든 한 입 거리.

예상하지 못했던 맛과 예상 가능했던 맛이 적절히 섞여 있는 아뮤즈는 만족스러웠다.

덕분에 다음 코스가 기대되기 시작한 윤희정은 자신의 눈앞에 앉아 한껏 음미하며 아뮤즈를 먹고 있는 윤희수에게 물었다.

"어때? 좀 괜찮아?"

윤희수는 입안에 남아 있던 음식물을 몇 번 더 씹더니, 이내 꿀꺽 삼키고 말했다.

"괜찮은 것 같은데? 일단 아뮤즈는 두 코스 다 맛있었어."

아뮤즈 부쉬는 오늘 선보이게 될 요리에 대한 암시나 일련의 메시지가 담겨 있는 디시였다.

그렇기에 아뮤즈 부쉬를 토대로, 앞으로 펼쳐질 요리를 짐작할 수 있었는데, 두 코스는 닮았지만 조금 다른 듯했다.

윤희수는 그중에서도 연어 타르트가 가장 인상 깊었다.

담백한 타르트지에 새콤달콤한 레몬 크림과 레몬 향이 묻은 생연어, 그리고 연어알까지.

바삭한 타르트의 식감과 연어의 부드러운 식감이 어우러지는 와중에 연어알이 연신 '톡톡' 하고 터지며 씹는 재미를 배로 만들었다.

식감은 물론 조합까지 신경 쓴 섬세한 맛.

'재미있네.'

그저 유흥으로 따라온 자리였지만, 생각보다 괜찮은 셰프를 만난 것 같았다.

앞으로 전개될 코스와 함께 셰프가 어떤 이인지 궁금증이 솟구치던 찰나.

"앙트레 서비스해 드리겠습니다."

자연스럽게 다가온 서버는 *앙트레(*Entree:전채요리)가 담긴 접시를 재차 테이블에 내려놓았다.

"청매실 랠리쉬를 곁들인 숙성 고등어입니다."

윤희수는 자신의 앞에 놓인 접시에 담긴 앙트레 메뉴를 슬쩍 살펴봤다.

오목한 접시 위.

랠리쉬(*relish:과일, 채소에 양념해서 걸쭉하게 끓인 뒤, 차게 식혀 먹는 소스)가 곁들여진 고등어가 반듯하게 놓여 있었다.

"랠리쉬를 듬뿍 찍은 뒤 함께 서비스된 배를 곁들여서 드시면 됩니다."

나직이 '감사합니다.' 하고 답한 그는 곧장 배 위에, 청매실 랠리쉬를 듬뿍 묻힌 고등어를 얹어 한입에 넣었다.

그 순간.

입안으로 산뜻하고 향긋한 향이 물씬 퍼졌다.

혹시나 '너무 비리지 않을까?' 염려했으나 전부 한낱 기우에 불과했다.

회와 상성이 좋은 유자와 청매실의 향이 생선의 비릿한 향을 모두 잡아냈다.

심지어.

유자와 청매실 향이 과하지 않도록 잘 조율해 숙성을 거친 학꽁치의 풍미만큼은 선명하게 느껴질 따름이었다.

식감 역시 훌륭했다.

부드럽다 못해 뭉근하게 바스러지는 고등어의 식감과, 아삭아삭하고 시원한 배의 식감이 절묘하게 어우러졌다.

입안에 느껴지는 맛에 한껏 취한 윤희수를 현실로 데리고 온 것은 윤희정이었다.

그녀는 자신의 접시에 담긴 토마토 샐러드를 반으로 가르다 말고 윤희수를 원망 어린 눈동자로 바라보며 말했다.

"오빠, 내 건 남겨 놔야지!"

"아, 미안. 여기 좀 남았으니까 이거라도……."

윤희정의 말에 그는 당황스러운 표정으로 대답했다.

평소와 같았다면 그녀와 나눠 먹기 위해 미리 반을 나눈 뒤 식사했을 일이었다.

하지만 순간 차오른 기대감에 저도 모르게 시식부터 해 버린 것이었다.

동생에게 한차례 혼난 윤희수는 순간 시무룩한 표정이 되었지만, 이내 이어지는 코스들에 다시금 얼굴에는 활기를 띨 수 있었다.

코스에서의 메인 생선요리를 뜻하는 '푸아송'도, 육류 요리를 뜻하는 '비앙드'도, 그 이후로 전개된 *프로마쥬

(*Fromages:치즈)와 *데세르(*Desserts:디저트)까지.

아쉬운 부분이 없었다면 거짓말일 테지만, 충분히 만족스러운 식사였다.

무엇보다, 이렇게 신메뉴를 결정한다는 것이 흥미로웠다.

'재미있는 발상이야, 누구 머리에서 나왔는지 궁금하군.'

만족스럽게 식사를 마친 윤희수는 마찬가지로 식사를 마친 윤희정을 바라보았다.

그녀는 고민에 빠진 표정으로 펜을 들고 테이블을 '탁, 탁.' 치고 있었다.

점수를 어떻게 줘야 할지 고민인 듯했다.

윤희수 또한 자신의 앞에 놓인 평가표를 보고는, 잠시 고민하는 듯하더니 순식간에 점수를 매겼다.

그리고 점수 밑으로, 한참이나 무엇을 끄적이더니 이내 만족스러운 표정으로 펜을 내려놓았다.

윤희정은 그의 평가표를 힐끔 보더니 경악을 금치 못했다.

"오빠, 그게 다 뭐야?"

윤희수의 평가표는 마치 학창 시절 깜지처럼 글씨가 빽빽하게 들어차 있었다.

***

모든 평가단이 식사를 마치고 '가든파티'를 떠난 뒤.

"다들 고생 많으셨습니다!"

서로가 서로에게 감사 인사를 전하기 시작했다.

"정말 고생 많았어요-!"

"감사합니다!"

"다들 수고하셨습니다-!"

잠깐이었지만 서로의 경쟁자가 되었던 직원들의 얼굴에는 후련하면서도 아쉬운, 시원섭섭한 감정이 깃들어 있었다.

비록 며칠 안 되는 시간이었지만, 지난 준비 기간 동안 분명 몇 번이고 연습했으나 연습과 실전은 명백히 달랐다.

아무리 주방에서 오랜 시간 일한다고 하더라도 새로운 메뉴를 만들어 손님들에게 내보이는 첫 자리는 언제나 떨릴 수밖에 없었다.

'한 번만 다시 해 볼 수 있다면…….'

다들 그런 표정이었다.

하지만 아쉬워할 겨를은 없었다.

"자, 그러면 이제 개표를 한번 해 볼까요?"

도진이 가져온 상자 때문이었다.

성은준은 과장된 모습으로 양손을 깍지 낀 채로 중얼댔다.

"제발, 제발…….."

그 모습에 덩달아 다른 직원들도 자신들의 팀이 더 높은 점수가 나오기를 간절히 기도했다.

하지만.

"A 코스, 총점 89점."

"B 코스, 총점 90점."

"A 코스, 총점 93점."

박빙으로 치닫는 개표 결과들에 하나씩 표를 열수록 두 팀의 표정이 점점 더 알 수 없게 되었다.

그리고 이내 모든 표의 분류가 끝난 뒤.

"이렇게만 하면 잘 모르겠죠?"

도진이 계산기를 가지고 와 평균 점수를 계산하기 시작했다.

타다닥-. 타다다닥-.

조용한 주방에 도진이 계산기를 두드리는 소리만이 울려 퍼졌다.

김주홍은 그 소리를 들으며 팔짱을 낀 채 엄지손톱을 깨물어 대기 시작했다.

초조했기 때문이다.

하지만 성은준은 어쩐지 달관한 듯한 얼굴로 차분히 결과를 기다리고만 있었다.

도진은 계산하면서도 그런 두 사람을 힐끔거리며 쳐다보았다.

사실 메뉴 자체만 본다고 하면 두 사람 모두 비슷했다.

하지만 주방에 더 오래 있었던 김주홍이 훨씬 유리한 조건이 분명했다.

하지만 그런 김주홍은 평소보다 훨씬 더 긴장한 것이 눈에 보였다.

반면.

성은준은 무슨 생각을 하고 있는지 당최 가늠할 수 없는 얼굴을 한 채로 팔짱을 끼고 묵묵히 서 있을 따름이었다.

이내 두 팀의 평균 점수에 대한 계산을 끝낸 도진이 예상했다는 듯 씩 웃었다.

"여러분."

도진의 목소리를 끝으로 정적이 흐르기를 잠시.

"빈 접시는 거짓말을 안 한다고 생각해요. 그렇죠?"

그러고는 웃는 낯으로 덧붙였다.

"결과 발표하겠습니다."

저마다 내기라도 한 것인지 직원들은 간절하게 기도하고 있었다.

그도 그럴 것이, 이긴 팀에게는 보너스가 있을 것이라는 공지가 있었기 때문이다.

"제발, 제발, 제발……."

"하나님, 부처님."

"온 우주의 기운을 모아 기도할 테니 제발 보너스는 저희 팀에게……."

긴장한 기색을 전혀 감추지 못하고 있던 김주홍은 도진이 웃음을 짓는 모습에 자신이 졌을 것이라고 생각했다.

도진은 망연자실한 표정을 짓고 있는 김주홍을 바라보았다.

그가 무슨 생각을 하고 있는지, 눈에 훤히 보이는 듯했다.

자신의 말을 들은 김주홍이 어떤 표정을 지을지도 눈에 선히 보였다.

도진은 더 이상 지체하지 않고 결과를 발표했다.

"승자는……."

그리고 예상대로, 김주홍은 도진의 말에 깜짝 놀란 표정을 지었다.

"김주홍 셰프. 축하드립니다."

놀란 김주홍을 뒤로한 채 도진은 말을 이었다.

"그저 요리 실력만이 아닌, 가게를 운영해 나가는 능력과 직원들을 통솔하는 능력까지 모두 이번 결과에 영향을 미치게 되었으리라고 생각합니다."

김주홍이 레시피와 원가계산 자료를 제출했을 때는 그간 가게를 정말 소중히 생각하며 운영해 왔다는 것이 느껴졌다.

상세하게 적혀 있는 코스트와 레시피에서 느껴졌던 건 비단 정성만이 아니었다.

이미 몇 년이고 실무를 운영해 본 김주홍의 노련함이 여실히 느껴졌다.

물론.

성은준도 뒤처지지는 않았으나, 대부분의 실무를 김주홍

에게 맡겼던 것들이 이렇게 되돌아왔다.

자신의 승리가 믿어지지 않는 듯 얼떨떨한 표정을 짓는 김주홍의 주변으로 직원들이 축하의 말을 쏟아 냈다.

"셰프님, 축하드려요!"

"와, 점수 차 좀 봐. 우리가 진짜 아슬아슬하게 이겼어요!"

축하받으면서도 여전히 떨떠름한 표정의 김주홍은 정말 이 결과가 맞는지 의문을 가지고 있는 듯했다.

이 대결의 결과를 통해, 지는 사람이 '가든파티'의 일선에서 물러나기로 했기 때문에 결과에 기뻐하지도 못한 채 그저 흔들리는 눈으로 성은준을 바라보았다.

자세한 내막을 알지 못하는 직원들이 해맑게 말을 이었다.

"진짜 대박! 이렇게 하니까 더 재밌는 것 같아요."

"그러니까, 다음에도 메뉴 개편할 때 이렇게 하면 안 돼요?"

도진은 그 모습을 조용히 지켜보다가 성은준과 눈이 마주치곤, 조용히 사무실로 향했다.

그리고 이내 뒤따라온 성은준에게 물었다.

"은준이 형, 정말 이걸로 괜찮겠어요?"

"그럼, 괜찮아야지."

성은준은 후련하지만 조금 씁쓸하고 아쉬운 눈으로 가든파티의 전경을 눈에 담았다.

'가든파티'가 메뉴 개편으로 정신이 없는 근황을 보내는 중.

윤희정은 지난 번, 도진의 초대로 갔던 가든파티의 신메뉴 콘테스트의 현장을 떠올리며 자리에 앉았다.

바로 다음 날, 그들이 새로운 메뉴 개편을 마친 뒤 재오픈 하는 날짜에 맞춰 칼럼을 올리기 위해서였다.

이렇게까지 할 생각은 없었지만, 윤희수가 너무나 즐거웠다며 몇 번이고 언급한 덕분에 고마움을 표시하고자 하는 마음이 컸다.

[평범한 브런치 카페의 특별한 세트 메뉴]

순식간에 제목을 작성해 낸 그녀는 쉬지 않고 바로 원고를 작성하기 시작했다.

지난 화요일, 필자는 '가든파티'에서 열린 특별한 행사에 다녀왔다. 그것은 바로 메뉴 개편을 위한 시식회였다. 소수의 인원을 초청해 이뤄진 시식회는 흥미로웠고, 즐거웠다.

이전에는 그저 평범한, 보통의 브런치 카페로 알고 있었던 가든파티는 SNS를 통해 입소문을 타며 줄 서는 맛집이 되기까지 3년이란 시간이 걸렸다.

이번 시식회에서는 3년간, 그들의 성장이 여실히 드러나는 요리들을 맛볼 수 있었다. 어느 것 하나 빠짐없이 훌륭했고, 이 중 판매하지 않는 메뉴가 있다는 사실이 안타까운 마음이 컸다.

혹여나 방문을 고민하는 이들이 있다면 단품으로는 물론이고, 본인만의 세트를 구성해 식사를 할 수 있는 특별한 경험은 해 볼 수 있는 가든파티가 재정비해 돌아오는 내일을 노려보시길.

줄을 바꿔 본문과의 공백을 만든 윤희정은 잠시 고민하다 마지막 한 줄을 적어 내린 뒤, 블로그에 글을 업로드하고는 노트북을 닫았다.

"좋아, 이 정도면 이인분은 했지."

그녀가 노트북을 덮고 자리에서 일어나는 잠깐 사이.

그가 올린 글은 윤희정을 구독하는 수많은 이들에게 알림이 갔고, 순식간에 백 명이 넘는 조회 수가 찍혔다.

비평칼럼이 아닌 그저 블로그에 올라가는 글일 뿐이었는데도 많은 이들이 그녀의 글에 주목했다.

특히 가장 마지막 줄.

'앞으로는 더욱 예약이 쉽지 않을 듯하니 일찌감치 문의해 보는 것을 추천합니다.'

그녀의 흔치 않은 권유에 사람들은 모두 궁금해하며 '가든파티'에 대해 찾아볼 수밖에 없었다.

그리고 그와 동시에, 그녀가 틀어 둔 티비에서 '냉장고를 보여 줘!'의 오프닝 곡이 흘러나오기 시작했다.

"와 진짜. 대박이다."

어김없이 돌아온 목요일 밤.

'냉장고를 보여 줘!'의 방송이 시작된 지 얼마 되지 않은 시간.

티비앞에 앉은 고등학생은 오늘의 게스트로 초대된 셰프를 보며 입을 떡 벌릴 수밖에 없었다.

그도 그럴 것이.

"나는 왜 남윤희가 아닌 건데!"

생각지도 못한 인물이 즐겨 보던 프로그램에 나왔기 때문이다.

"나도 김도진 보고 싶어!"

알고 있는 맛이 무섭다고 하지 않는가.

이미 한번, 도진의 요리를 맛본 적이 있었기 때문에 더욱 그 갈증은 커져만 갔다.

'이럴 줄 알았으면 아예 먹으러 가지 말걸.'

'청춘 셰프'의 촬영 당시를 떠올리던 고등학생은 깊어지는 한탄과 함께 시위라도 하듯 방바닥에 널브러졌다.

그 모습을 본 엄마는 혀를 차며 그녀의 어깨를 '찰싹' 하고 때리며 말했다.

"아휴, 이 기지배가 증말. 그런다고 되겠어? 아주 방송국 앞에 가서 출연시켜 달라고 시위라도 하지 그래! 안 볼 거면 리모컨 내놔!"

"악! 안 돼! 볼 거야!"

간신히 티비를 사수한 고등학생은 정신을 차리고 다시 화면 앞을 차지했다.

"와, 진짜 어떻게 저럴 수가 있지?"

낯선 주방에 예상치 못한 미션.

그리고 시간 제한까지 더해져 사람의 마음을 촉박하게 만들기 딱 좋은 환경.

'냉장고를 보여 줘!'는 녹록지 않은 방송이 틀림없었다.

하지만, 김도진은 침착하기 그지없었다.

김도진은 도대체 알 수가 없었다.

몇 번 휙 주방을 둘러보더니 마치 제집처럼 익숙해져서는 필요한 걸 척척 준비하는 모습은 놀랄 수밖에 없었다.

"원래 다 저런 건가……?"

요리하는 사람들은 다들 저렇게 남의 주방도 빠르게 파악해서 돌아다닐 수 있는 거였나 하는 생각이 들 때쯤.

'냉장고를 보여 줘!'에 처음 나온 다른 이들의 실수투성이인 촬영본과 도진의 모습이 교차 편집되어 나왔다.

'그냥 김도진이 유독 남다른 거구나.'

낯선 주방은 물론이고 시간제한이 있어 긴장감이 배로 오른 나머지 실수투성이인 다른 참가자들은 '죄송합니다.'를 입에 달고 다녔고, 그 모습이 안쓰러운 것도 잠시.

김도진은 마치 제 주방인 것처럼 자연스럽게 움직이며 자신이 할 일을 척척 해 나가는 모습에 고등학생은 고개를 끄덕였다.

"엄마, 저런 사위 어때?"

"택도 없는 소리 한다, 또. 저런 사위가 너 데려간다 그러면 감사하다고 큰절이라도 해야지."

엄마와 티격태격 장난을 주고받는 사이.

어느새 끝나 버린 방송에 고등학생은 아쉬운 마음을 감추지 못했다.

"아, 오늘은 왜 이렇게 더 빨리 끝난 것 같지?"

유독 더 빨리 끝난 것 같은 방송이었다.

어쩌면 잘생긴 성은준과 자신의 최애인 김도진이 투샷으로 잡히는 모습을 넋 놓고 보았기 때문일지도 몰랐다.

그녀는 빠르게 핸드폰을 들고 검색하기 시작했다.

-[NEW]냉장고를 보여 줘 게스트 정보

-[NEW]이제 곧 냉장고도 막방 같은데 새 시즌 들어가려나?

–[NEW]이번 냉장고를 보여 줘 레시피 정리
–[NEW]김도진, 성은준 같이 일해?
–[NEW]햇반으로 떡 만드는 방법

아쉬운 마음에 티비 앞에 앉아 한참 동안 핸드폰을 만지작거리던 고등학생은 커뮤니티에 올라오는 글들을 보며 낄낄거리고 있었다.

그때.

고등학생의 눈에 들어온 것은 단 한 줄의 제목이었다.

–[NEW]김도진 근황, '가든파티' 오프닝 수 셰프?

홀린 듯 글을 클릭한 그녀는 본문의 내용을 확인하고는 깜짝 놀라 소리쳤다.

"엄마! 엄마악!"

"어유, 애는 또 왜 이래?"

"우리! 여기 가자!"

흥분한 듯 볼에 홍조를 띠며 말하는 그녀의 모습은 누가 봐도 활기가 넘쳤다.

그리고 그 등쌀에 못 이긴 엄마는 결국, 그녀의 바람대로 '가든파티'의 오픈 시간대에 자리를 예약할 수밖에 없었다.

고등학생은 이날 자신의 기가 막힌 선택에 찬사를 보낼 수

천재셰프
화려하다

밖에 없었다.

　그도 그럴 것이.

　그녀가 예약한 그날이 도진의 마지막 근무일이었기 때문
이다.

새로운 투자자

시간은 빠르게 흘러 성은준의 거취도, 가든파티의 사업자도 얼추 정리되었다.

공동 대표로 되어 있던 사업자는 김주홍이 홀로 맡게 되었고, 보증금을 담보로 받았던 대출도 빠르게 정리했다.

그러던 와중에도 가든파티는 성황을 이뤘다.

새로운 코스가 주목받는 것은 물론이고 윤희정의 칼럼과 더불어 타이밍 좋게 방영된 '냉장고를 보여 줘!'가 톡톡히 한 몫을 한 것이었다.

그리고 도진이 마지막으로 근무를 하는 날, 성은준도 자리에서 물러나기로 했다.

성은준은 도저히 말로는 다 표현할 수 없는, 알 수 없는 기분에 휩싸였다.

처음 시작부터 모든 걸 직접 해 왔던 가게였다.

사업에 대한 계획서를 작성하고, 시장조사를 하는 것은 물론이고, 영업을 하기 위해 조건에 맞는 곳을 임대하려고 수도 없이 발품을 팔았다.

그 와중에도 새로운 메뉴를 만든답시고 몇 번이고 테이스팅을 해 가며 여러 조합들을 시도해 보았다.

그 모든 과정에 김주홍이 함께 있었다.

가게를 오픈하고 난 이후도 마찬가지였다.

초반에 자신의 미숙함으로 인한 경영난에 대한 문제를 김주홍이 혼자서 고군분투하며 많이 채워 주었다.

그렇게 자신과 김주홍은 서로가 서로에게 부족한 점을 채워 주며 끊임없이 앞으로 걸어오고 있었던 것이다.

혼자였다면 분명 이렇게까지 못했을 일들이었다.

성은준은 지금의 '가든파티'를 만들 수 있게 된 것은 분명, 자신뿐 아니라 김주홍이 함께했기 때문이라고 생각했다.

그렇기 때문에 그의 실수를 눈감아 주는 것은 물론, 새로운 기회를 주고자 했다.

어쩌면 마음의 빚을 하나 더 달아 두는 것일지도 몰랐다.

김주홍은 그런 성은준의 결정을 몇 번이고 만류했다.

"은준아, 그래도 내가 잘못한 일이니까, 내가 책임지고 물러나는 게 맞는 것 같아."

하지만 성은준은 단호하게 말했다.

이 모든 것은 서로의 동의하에 정정당당한 승부를 치러 나온 결과라고.

그러니 자신은 깔끔하게 결과에 승복할 뿐이라고.

성은준은 자신의 대답에 불안과 미안함, 그리고 걱정이 섞인 표정으로 어찌할 줄 모르는 김주홍의 모습에 장난스럽게 말했다.

"나중에 나 밥 굶으면 네가 맛있는 거 사 줘야 해. 사장님이니까!"

그 말에 맥이 풀린 김주홍은 결국 못 말리겠다며 고개를 내저었다.

어찌 된 게 당장 앞으로 먹고살 걱정을 해야 할 사람보다 앞날이 창창한 사장님의 얼굴에 수심이 더 깊은 듯한 모습이었다.

그 모습에 의문을 느낀 도진이 그에게 물었다.

"지금 순식간에 백수가 됐는데, 걱정도 안 돼요? 왜 이렇게 신났어요?"

"이만큼 해 봤으면 오래했지, 뭐!"

성은준은 되레 개운한 얼굴을 하고 도진을 바라보았다.

"나야 뭐, 통장에 쌓인 게 돈인데. 나 돈 많아. 방송도 하고 월세도 들어오고. 사실 일 안 해도 먹고살 수 있는데, 몰랐어?"

"와, 지금 진짜 재수 없었다. 알아요?"

도진과 성은준은 실없는 얘기를 나누며 낄낄거렸다.

그러다 문득.

"잠깐만, 형. 혹시……."

도진이 진지한 얼굴로 성은준에게 바짝 다가가 그의 눈을 바라보았다.

"어?"

그 모습에 놀란 성은준이 당황하는 모습을 보였지만, 도진은 개의치 않고 한껏 진중하게 성은준에게 물었다.

"형. 혹시 돈…… 얼마나 많아요?"

도진의 표정에 한 번 놀란 성은준은, 그 질문의 내용을 듣고 한 번 더 놀라 되물었다.

"나 혹시 지금 삥 뜯기는 거야?"

서로를 바라보던 두 사람의 얼굴에서 한 번 더 웃음이 터졌다.

***

가든파티에서 근무도 끝나 오랜만에 찾아온 진정한 휴무.

오랜만에 집에서 휴식을 취하고 있는 도진에게 반가운 연락이 왔다.

-도진 씨, 혹시 잠깐 볼 수 있을까요?

"당연하죠!"

오랜만에 연락해 온 최석현이었지만, 이미 그는 자신에게 스승이나 마찬가지였기에 도진은 흔쾌히 대답했다.

지난 아틀리에에서 일했던 당시 레시피에 관해 물어볼 것이 있어 도진을 불렀다는 최석현은 중요한 것들 먼저 처리한 뒤, 드디어 도진에게 근황을 묻기 시작했다.

"가든파티에서는 왜 그렇게 짧게 일한 겁니까? 성은준 씨도 같이 관뒀다고 하던데, 혹시 무슨 일이라도 있었나요?"

아닌 척해도 걱정이 가득 엿보이는 그의 말에 도진이 미소를 지었다.

"아뇨, 그런 건 아니었어요. 은준이 형은 그냥 개인 사정이 좀 있었고, 저 같은 경우에는 원래도 3개월만 도와주기로 계약했던 거예요?"

"네? 3개월요? 도대체 왜……."

"저도 제 요리를 하고 싶으니까요!"

당돌한 도진의 말에 웃음을 터트린 최석현이 넌지시 물었다.

"그럴 수 있죠. 그럼 사업 제안서 작성해 둔 거라도 있나요?"

최석현의 배려가 섞인 말에 도진이 올라가는 광대를 숨기지 못한 채 물었다.

"염치 불고하고 제가 사업 계획서를 드려도 될까요?"

"물론이죠."

능청스러운 도진의 물음에 최석현이 흔쾌히 동의했다.

최석현은 도진이 자연스럽게 가방에서 꺼내 건네준 사업 계획서를 받아 들고는 문득 떠오른 궁금한 것에 관해 물었다.

"근데 도대체 언제 작성해 둔 겁니까? 사업 계획서를 작성해 뒀다는 건, 아직 투자자를 구하는 중이겠네요?"

"사실 아틀리에에서부터 준비는 하고 있었어요. 가든파티에서 오프닝 수 셰프로 일하면서 더 본격적으로 작성하기 시작했고요. 그리고 이미 한 명 구했어요!"

"네? 뭘요?"

"공동 창업자요."

종이를 사락거리며 넘기던 최석현이 도진의 말에 고개를 들어 물었다.

"오 벌써요? 능력도 좋네요. 누굽니까?"

"성은준 씨요."

"네? 누구요?"

도진의 대답을 들은 최석현은 자신이 들은 게 맞는지 확인하려는 듯 다시금 그에게 되물었다.

그런 그의 반응을 이해한다는 듯, 도진은 다시금 최석현의 눈을 똑바로 바라보며 말했다.

"성은준 씨가 창업 비용도 투자하고, 공동 대표로 이름 올리기로 했어요."

천재셰프
회귀하다

최석현은 마치 고장 난 로봇처럼 다시금 도진에게 물었다.

"네? 누가요?"

그에 도진이 웃음을 터트리며 다시 한번 더 말했다.

"은준이 형요."

그러고는 쐐기를 박듯 한마디를 덧붙였다.

"같이 일하기로 했거든요."

시간은 빠르게 흘러 어느새 낙엽이 떨어지고 가을의 끝이 다가왔다.

드디어 '가든파티'에서의 도진의 마지막 근무가 끝났다.

"먼저 퇴근해 보겠습니다."

도진은 주방에서 자신의 짐을 챙겨 일을 끝낸 뒤 옷을 갈아입으러 가기 전, 주방 직원들이 도진의 주변에 삼삼오오 모였다.

"고생 많으셨습니다!"

"셰프님, 셰프님! 오늘 뒤풀이! 회식!"

"이제 정말 안 나오시는 거예요?"

지난 고작 3개월이었지만 그동안 가족들보다 더 오랜 시간을 함께한 주방 식구들은 저마다 여과 없이 아쉬움을 표했다.

"가끔 놀러 올게요, 손님으로."

"헉, 그건 너무 부담스러운데……."

"그럼 오지 말까요?"

"아뇨! 그 말이 아닌데!"

도진이 주방의 막내를 놀리고 있는 사이.

탁-.

순간 가게의 모든 불이 꺼졌다.

그리고 홀과 이어진 복도에서부터 작은 불빛이 점점 더 가까워졌다.

케이크 위의 작은 초의 일렁거리는 불빛.

"고생 많았습니다."

다름 아닌 성은준이었다.

그는 도진의 앞에 케이크를 들이밀었고, 도진은 웃으며 초를 불었다.

"이따 주소 보내 줄 테니까 거기로 와. 우리 종파티는 해야지."

떠나는 도진을 위해 준비된 깜짝 파티는 간결했지만 조촐하진 않았다.

멀지 않은 곳에 있는 작은 호프집을 빌려 치러진 마지막 인사는 자정이 되어서야 열기가 사그라지기 시작했다.

모두 얼큰하게 취해 저마다 얼굴을 붉게 물들이고 있었다.

"다들 조심히 들어가세요."

천재셰프
회귀하다

"셰프님, 진짜 다음에 꼭 봬요."

"네, 그럼요."

"진짜예요."

도진은 마지막까지 아쉬움을 표하던 직원이 택시를 타고 떠나는 모습을 지켜본 뒤.

자신의 옆에 서 있던 성은준에게 말했다.

"자, 그럼 이제 얘기를 좀 해 볼까요?"

도진은 들고 있던 가방에서, 가지런히 정리된 파일 하나를 꺼내 들었다.

이게 다 어찌 된 영문이었을까 하니.

성은준에게 장난식으로 했던 말이었지만, 문득 생각해 보니 이보다 더 좋은 투자자가 없었다.

하지만 그가 과연 가든파티를 관둔다고 해서, 자신에게 투자할 것인가.

도진은 이내 결심한 듯 핸드폰을 들어 성은준에게 전화를 걸었다.

뚜루루-뚜루루-.

몇 번의 신호음이 흐르고…….

-네, 여보세요.

수화기 너머 들리는 성은준의 목소리에 도진은 다짜고짜 물었다.

　"은준이 형, 나랑 같이 일해 볼 생각 없어요?"

　두 사람 사이에는 잠시 정적이 흘렀다.

　그리고 이내 우당탕하는 소리가 들리더니, 수화기 너머에서 당황스러움이 가득 담긴 목소리가 들려왔다.

　-뭐, 무슨……?

　성은준은 갑작스러운 도진의 제안에 놀라움을 감출 수 없었다.

　'자기랑 같이 일할 생각이 없냐니…….'

　그는 문득 자신이 도진에게 함께 일하자고 했을 때를 떠올렸다.

　'이런 기분이었을까?'

　놀랍고, 당황스러웠지만 지금 상황에서는 생각보다 좋은 제안이었다.

　자신은 이제 김주홍에게 모든 것을 넘겨준 뒤 '가든파티'의 일선에서 물러날 예정이었다.

　그러니까 이제 말하자면 백수 그 자체.

　이제 무엇을 해야 하나 막막한 마음이었지만, 그렇다고 마냥 놀기만 할 수는 없었다.

　그리고 요리를 손에서 놓을 생각은 더더욱 없었다.

　'하지만 그렇다고 나 혼자 창업을 할 자신은 없었는데.'

마침 그 순간 도진이 자신에게 제안한 것이었다.

성은준은 회식이 끝난 뒤, 도진이 건넨 투자 제안서를 확인했다.

구성은 알찼고, 내용은 흥미로웠다.

'컨셉이 확실하니, 아무래도 손님들을 끌어모으기에는 충분할 듯한데.'

하지만 그가 원하는 대로의 인테리어나, 위치를 선정하기 위해서는 자신만 투자하는 것으로는 어림이 없을 듯했다.

서울 내에서 파인다이닝을 차리기 위해서는 정말 최소한의 금액으로 잡아도 5억은 들었다.

파인다이닝을 오픈할 자리를 알아보고 인테리어부터 시작해서 매장을 채워 넣을 가구와 주방 기구들, 그리고 직원 구인과 메뉴 개발에 손익분기점을 넘을 때까지 가게를 유지하는 것.

그 밖에 다양한 비용들을 생각하면 5억도 부족했다.

성은준이 걱정스러운 표정으로 도진에게 물었다.

"저, 근데 도진아, 혹시 초기 비용은 어떻게 해? 완전히 우리 둘이 시작하는 건 아니지?"

성은준의 걱정스러운 물음에 도진이 웃음을 터트렸다. 충분히 그럴 수 있다는 눈을 한 도진이 입을 열었다.

"에이, 아무리 그래도 그냥 일반 식당도 아니고 파인다이닝은 둘이서 모은 자금으로 열기에는 대출을 껴도 힘들죠."

그 대답에 안심한 한숨을 푹 내쉰 성은준이 다시금 물었다.

"그럼 어떻게 해?"

"다른 투자자를 구해야죠."

도진은 자신이 작성해 둔 투자 계획서와 성은준을 한 번씩 바라보았다.

그러고는 고개를 끄덕이며 말했다.

"저는 이 정도면 해 볼 만하다고 생각해요."

잘 작성한 투자 계획서와 준비된 인재가 두 명이나 있으니, 틀림없이 가능하리라는 생각이었다.

인생은 생각대로 흘러가지 않는다.

도진은 이번에 그것을 여실히 깨달았다.

성은준과의 대화를 끝낸 도진은 자신이 알고 있는, 그리고 유명한 투자자들에게 투자 제안서를 보냈다.

마치 취업 준비생이 이력서를 넣듯, 수없이 많이 보냈음은 확실했다.

하지만 그럼에도 불구하고 되돌아오는 연락은 극히 드물었다.

만약 연락이 온다고 하더라도, 그저 호기심에 연락해 온 이들이 대부분이었다.

그들의 말을 들어 보면 대부분, 방송 매체를 통해 알려진 '19세의 최연소 셰프 김도진'에 대한 호기심과 더불어 과연 혼자서 가게를 운영할 수 있을까 하는 우려가 담겨 있었다.

투자 제안서를 돌린 후.

일주일은 내리 제대로 된 투자에 관한 대화조차 나누지 못한 도진은 이게 현실인가 하는 생각을 했다.

'확실히 그동안은 너무 우호적인 사람들이 많았지.'

자신을 믿어 준 최석현 셰프는 물론이고 자신의 가게에서 함께 일하자고 먼저 선뜻 제안해 준 성은준까지.

두 사람 모두 같은 셰프였기에 도진의 능력치를 알아보고 제안해 준 것도 있을 터였다.

게다가 이미 운영하는 중인 매장에서 일을 하는 것이다 보니, 리스크가 크지 않았다.

'역시 내 이름을 걸고 가게를 차린다는 건 아직 좀 불안하게 느껴지려나.'

투자자들은 결국 모두 사업가들이었다. 그리고 사업을 하는 사람들은 자신이 손해를 보는 투자를 하지 않았다.

그렇기에 '김도진'이라는 흔치 않은 이력을 가진 인물에 대한 호기심은 있었지만, 그가 하고자 하는 사업에 대해서는 의문을 표한다는 것이 문제였다.

모두 다 다른 말로 돌려서 거절했지만, 결국 결론은 하나였다.

'과연 열아홉 살짜리가 파인다이닝을 제대로 운영할 수 있을까?'

도진이 만나 대화해 본 투자자들은 대부분이 그런 의문을 가지고 있었다.

결국 이렇게 투자자를 찾는 것이 무산되는가 싶었던 도진은 오늘도 어김없이 투자제안서에 대한 답장이 온 것이 없는지 확인하기 위해 메일을 열었다.

그리고.

하나의 메일을 확인하고는 미소를 지을 수밖에 없었다.

[제목 : 파인다이닝 투자 제안 건, 대면 미팅 요청]

⊠

투자에 대한 것을 긍정적으로 검토하고 있다는 내용의 메일에 도진은 곧바로 성은준에게 이 사실을 알렸다.

성은준은 드디어 긍정적인 의견을 비치는 투자자가 있다는 말에 뛸 듯이 기뻐했고, 함께 미팅에 참석하기로 했지만.

투자자와의 첫 번째 미팅 날이 밝은 오늘.

도진은 전화기 너머로 성은준의 목소리를 듣고 있을 수밖에 없는 상황이 되었다.

-오늘 못 가서 진짜 미안해, 갑자기 이렇게 일정이 잡히는 바람에…….

"괜찮아요. 다들 모이는 가족 모임에 빠질 수는 없잖아요."

-그래도 같이 가는 게 좋았을 텐데.

"걱정하지 마세요. 저 혼자서도 충분하니까."

있을 때 잘해야 한다는 말을 뼈저리게 느꼈던 도진은 오히려 성은준이 이런 일로 인해 순간을 놓치지 않기를 바랐다.

그렇기에 한껏 걱정 어린 목소리의 성은준에 도진은 되레 밝은 목소리로 말을 덧붙였다.

"이럴 때 아니면 언제 가족들 다 모이겠어요. 그런 자리는 빠지면 안 되죠."

그런 도진의 말에 성은준은 감동한 듯한 목소리로 물었다.

-진짜 고마워. 몇 시에 뵙기로 했다 그랬지?

"다섯 시요."

짧게 대답한 도진은 귀에 바짝 붙이고 있던 휴대폰을 살짝 떼어 내 시간을 확인하고는 말을 덧붙였다.

"한 시간 정도 남았네요."

이제 막 집에서 출발하기 전 마지막으로 옷차림을 정돈하던 도진은 전신 거울 속 멀끔한 정장 차림의 낯선 제 모습을 바라보았다.

함께 미팅에 참석하지 못하는 대신 성은준이 투자자를 만

날 때는 격식을 차려야 한다며 맞춰 준 정장이었다.

자신의 모습이 영 적응이 되지 않은 도진은 머쓱하게 입을 열었다.

"형이 맞춰 준 정장을 입긴 했는데, 좀 어색하네요."

그 말에 성은준이 낮게 웃으며 물었다.

-아직은 교복이 더 잘 어울릴 나이니까, 그럴 수 있지. 마음에는 들어?

"그냥 뭐……."

한차례 말을 얼버무린 도진은 기어들어 가는 목소리로 답했다.

"괜찮은 것 같아요."

이전 생을 통틀어도 정장을 갖춰 입어 본 횟수가 손에 꼽을 지경이었던 도진은 깔끔하게 떨어지는 핏의 정장 차림을 한 자신의 모습이 괜히 낯 뜨겁고 어색하게만 느껴졌다.

'조리복이 아닌 옷은 역시 어색한 것 같아.'

이제는 새하얀 조리복이 자신의 맞춤 정장인 것만 같았다.

몇 번 더 거울 앞에서 자신을 훑어보고 있는 도진에게 수화기 너머의 성은준이 덤덤한 어투로 도진에게 당부했다.

-도진이 너야 워낙 똑 부러지니까 알아서 잘하겠지만, 그래도 혹시나 해서 하는 말인데 괜히 긴장하거나 주눅들 필요 없는 거 알지?

성은준의 걱정 어린 말에서 묻어 나오는 자신을 향한 믿음에 도진은 웃으며 대답했다.

"그럼요, 형. 미팅 잘 끝내고 와서 보고할 테니까, 맘 편히 가족들이랑 시간 보내요."

이런저런 몇 마디의 말이 더 오간 뒤.

통화를 마무리한 도진은 택시를 타고 미팅 장소로 향하며 오늘 보게 될 '투자자'에 대한 정보를 한 번 더 복기했다.

약속 장소는 강남에 있는 고급 일식집이었다.

'투자자'와의 미팅에 좀 더 집중하고자 일부러 프라이빗 룸을 예약해 둔 도진은 종업원의 안내를 따라 룸으로 들어섰다.

자리에 앉아 십 분쯤 기다렸을까?

이윽고, 약속 시간인 다섯 시 정각이 되자 미닫이문이 열리며 선한 인상을 한 깔끔한 정장 차림의 50대 남성이 활짝 웃는 낯을 한 채 룸으로 들어왔다.

도진은 자리에서 일어나 허리를 살짝 숙이며 그에게 인사를 건넸다.

"안녕하십니까. 김도진입니다."

"TV에서나 뵙던 분을 이렇게 직접 뵙게 되어 영광입니다. 김광수입니다."

자신을 김광수라고 소개한 투자자는 악수하기 위해 도진

을 향해 손을 내밀었다.

두 사람은 잠깐 손을 맞잡고 위아래로 흔들며 악수했고, 이내 서로를 마주 보며 자리에 앉았다.

도진의 맞은편 자리에 앉은 김광수는 도진에게 세상 더없이 친절한 어투로 말을 건네 왔다.

"김도진 셰프님, 여기가 제가 자주 오는 곳이라, 혹시 괜찮으시다면 제가 직접 메뉴를 골라 드려도 되겠습니까?"

"아, 예. 물론입니다. 그렇게 해 주시면 저야 감사하죠."

도진의 말이 끝나기 무섭게 김광수는 익숙한 듯 문 앞을 지키고 서 있던 종업원을 손짓으로 불러 능숙하게 주문하기 시작했다.

도진은 마치 자신이 이곳을 예약한 사람처럼 자연스럽게 주문을 이어 나가는 김광수의 모습을 뚫어져라 바라보았다.

김광수는 미식 칼럼니스트인 김우진을 통해 알게 된 이 중 한 명이었다.

도진이 투자자를 찾는다는 소식을 들은 김우진은 자신이 아는 이들 중 적당한 사람이 한 명 있는 것 같다며 김광수의 명함을 주며 그에 대해 이렇게 말했다.

"증권사에서 근무하다 돌연 퇴사한 뒤 개인투자자로 국내며 해외며 가리지 않는 주식투자를 통해 부를 축적해 온 재력가."

거기에다 김광수는 유명 웹진에서 취미 삼아 아마추어 평론가로도 활동할 만큼 미식에 대한 깊은 조예를 가지고 있어 국내의 미식 평론가는 물론 칼럼니스트들과의 인맥도 상당하다며 그를 소개했다.

'함께 일한다고 생각하면 충분히 좋은 조건이지.'

도진이 생각에 잠긴 사이.

주문을 마친 김광수가 다시금 환하게 미소를 지으며 친절한 말투로 입을 열었다.

"제가 알아서 주문을 하긴 했는데, 이것 참. 마음에 드실지 모르겠습니다."

김광수는 손목에 차고 있던 고가의 시계를 풀어 테이블에 보란 듯이 올려 두며 재차 말을 이었다.

"그, 혹시 괜찮으시면 제가 말을 편하게 해도 될까요? 알아보니 우리 아들보다 어리던데……."

조심스럽게 말을 꺼내는 김광수의 모습에 도진은 고개를 끄덕이며 말했다.

"상관없습니다. 편하게 하시죠."

고작 이 정도는 큰 문제가 되지 않으리라는 생각이었다.

하지만.

"우선 일 얘기 먼저 끝내고, 여유롭게 식사하면서 담소를 나누는 게 좋을 것 같은데. 자네는 어떻게 생각하나?"

말이 끝나기 무섭게 마치 아랫사람을 대하는 듯한 태도로 바뀐 김광수의 모습에 도진은 어쩐지 찝찝한 기분이 되었다.

그러나 이미 허락한 부분이었기에 번복할 수 없었던 도진은 마지못해 그의 하대에 대답했다.

"네, 저도 그렇게 하는 게 좋을 것 같네요."

도진의 말에 고개를 끄덕인 김광수는 허리를 쭉 펴고는 반듯한 자세를 유지한 채 도진을 내려다보듯 말하기 시작했다.

"단도직입적으로 말하자면 메인이 되는 셰프는 함께 일하기로 한 성은준 셰프님이 맡으셨으면 하네. 이 파인다이닝을 오픈하기 위해 가든파티의 일선에서 물러난 것처럼 자연스럽게 마케팅을 하면 좋을 거라는 생각이 들어서 말이야."

김광수의 말에 도진은 싸늘한 표정으로 자신이 들은 게 맞는지 확인하듯 되물었다.

"예……?"

하지만 도진의 날 선 반응에도 김광수는 전혀 개의치 않는다는 듯 꿋꿋이 자신의 말을 이어 나갔다.

"그리고 레스토랑 경영에 관한 전권은 내가 맡도록 하지. 메뉴 구성에 대한 것도 내가 충분히 도와줄 수 있어."

마치 선심을 쓰는 듯한 말투였다.

자기 멋대로 조건을, 그것도 가장 중요하다고 할 수 있는 부분을 건드려 놓고는 뻔뻔하고 당당하게 말하는 김광수의 모습에 도진은 채 멍하니 그를 바라보았다.

'이게 말이 되나?'

어처구니가 없는 상황에 할 말을 잃은 도진은 어디서부터 바로잡아야 할지 고민에 빠져 침묵을 지키다 이내 입을 열었다.

"무슨 말씀을 하시는지 잘 이해가 안 되네요. 우선 헤드셰프는 제가 맡기로 이미 성은준 씨와 얘기가 다 끝난 부분이고, 해당 사항은 투자 제안서에 정확히 명시해 둔 것으로 기억합니다. 제가 틀렸나요?"

싸늘한 목소리로 말하는 도진의 말에도 김광수는 눈치라는 게 없는지 여전히 사람 좋은 미소를 띠고 대답했다.

"아, 그건 당연히 읽어 봤지. 그런데 아무래도 자네 나이에 그렇게 높은 직급을 맡는 건 좀 부담스럽지 않겠나? 마침 성은준이 이전 가게를 관둔 걸로 이슈가 있었으니, 그 친구를 메인으로 세우고 마케팅을 하는 것도 괜찮을 거야."

언제 봤다고 성은준에게도 하대하는 것은 물론이고 자신의 의견이 틀렸을 리 없다는 듯 확신에 차 말하는 그의 모습에 도진은 기가 찰 수밖에 없었다.

심지어 자신에게 한 말은 '네 나이에 그 자리를 감당할 깜냥이 안 된다.'라는 말을 돌려서 한 것이나 다름없다는 것을 느낀 도진은 기가 찰 수밖에 없었다.

"그럼, 경영에 대한 전권 위임과 메뉴 구성에 대해 도움을 주시겠다는 말은 도대체 뭐죠?"

헛웃음을 흘리며 묻는 도진의 말에 무슨 착각이라도 한 것인지 한층 더 싱글벙글한 웃음을 지은 김광수가 그 물음에

답했다.

"그거야, 당연히 내가 자네보다 오래 살았으니 경영에 대한 것도, 미식에 대한 것도 경험이 많지 않겠어? 그러니 내가 그런 부분을 맡아 주겠다는 거지."

말도 안 되는 소리를 하는 김광수의 모습에 머리끝까지 차오르는 화를 참지 않기로 한 도진은 차가운 눈빛으로 그를 쏘아보며 낮게 으르렁거리듯 말했다.

"제가 나이가 어려서 만만하세요?"

갑작스레 날아든 날카로운 말에 김광수는 놀라 눈을 크게 떴다.

"뭐, 뭐라고?"

버벅거리며 되묻는 그의 말에 도진은 미간을 찡그리며 재차 입을 열었다.

"제가, 나이가 어리니까 만만하냐고 물었습니다."

확고한 도진의 반응에 김광수는 당황한 기색을 감추지 못하고 우왕좌왕하며 둘러대기 시작했다.

"아니, 그, 나는 자네가 우리 아들보다 어리니까 다 걱정이 되어서 말이야. 그러니까 서로 상부상조할 방법을 고민해서 제안한 것뿐인데 무슨 말을 그렇게……."

대화 내내 사람 좋은 미소를 짓고 있던 그가 처음으로 얼굴에서 미소를 지우곤, 난감하다는 듯 이마의 식은땀을 훔쳤다.

상황을 모르는 사람이 본다면 마치 도진이 무례한 언행에 김광수가 애써 그를 타이르는 듯한 모양새로 보일 것만 같았다.

도진은 잠시 분노를 가라앉히며 차분하게 김광수를 바라보았다.

세월의 흔적이 느껴지는 깊게 파인 팔자 주름과 넓은 이마에서 흐르는 식은땀은 가장의 무게를 견디는 처량한 여느 아버지의 모습과도 닮아 있었다.

자칫하면 도진도 깜빡 속아 넘어갈 뻔했다.

찬찬히 김광수의 얼굴을 뜯어 보던 도진은 이내 입을 열었다.

"확실합니까? 제가 듣기에는 투자해 줄 테니 그냥 어린애니까 적당히 구슬려서 얼굴마담으로 세워 놓고 본인 입맛에 맞게 주무르려고 하는 것처럼 들리는데요."

여유로운 태도를 유지한 채 등받이에 기댄 도진의 입가에는 냉소가 흘렀다.

나이가 어리다는 이유만으로 자신을 얕보고, 투자자라는 명목하에 마음대로 이 상황을 쥐락펴락하려는 김광수의 태도가 가소롭게 느껴졌던 탓이었다.

'어림도 없지.'

김광수는 아주 큰 착각을 하고 있었다.

그의 앞에 앉아 있는 김도진은 평범한 열아홉 살이 아니었다.

투자자를 상대하는 일은 회귀 이전의 삶에서 이미 수도 없이 경험해 본 바 있었다.

이전 삶에서 도진이 일했던 프랑스의 파인다이닝은 무려 몇 년씩이나 미슐랭 쓰리 스타의 영예를 누리던 곳이었다.

그런 곳에서 빠르게 수 셰프의 자리까지 올라섰던 도진은 투자자들이 군침을 흘릴 만큼 탐이 나는 인재였다.

식사를 마친 뒤 도진을 조용히 불러 투자 의사를 밝혔던 이들 중 태반이 소위 말하는 거물급 투자자들이었다.

파인다이닝을 차리는 데 드는 돈을 선뜻 모두 내주겠다고 말할 정도로 이런 수억 원 대의 투자 정도는 가볍게 생각하는 이들.

그런 이들조차 자신을 이렇게 만만하게 보며 말도 안 되는 조건을 늘어놓는 일은 있을 수 없었다.

오히려 자신을 포섭하기 위해 원하는 조건을 맞춰 주겠다는 태도를 보이곤 했으니, 김광수가 얼마큼 도진은 낮잡아 본 건지 알 수 있을 노릇이었다.

도진의 말에 잠시 할 말을 잃은 김광수가 '크흠' 하는 소리로 목을 가다듬더니 이내 말을 이었다.

"어리다고 만만하게 본 게 아니라, 아무래도 성은준 셰프님도 그렇고 김도진 셰프님도 이런 경험이 비교적 적을 것이라는 생각이 들어 제가 대신 번거롭고 귀찮은 일을 대신해 드리겠다는 말이었지요."

땀을 뻘뻘 흘리는 김광수는 어느새 존댓말까지 써 가며 자신의 말을 수습하기 위해 애썼다.

하지만 도진의 입장에서는 여전히 같은 말을 반복하고 있는 김광수와는 더 이상 할 말이 없다고 느껴졌다.

"네, 하시려는 말씀은 잘 알겠습니다. 그럼, 저랑 성은준 씨가 경영권과 메뉴 구성에 대한 전권을 가지게 되더라도 믿을 수 있겠다 싶은 확신이 드실 때 연락해 주세요."

당연하게도 이는 자리를 끝내기 위해 으레 건넨 인사치레의 말에 불과했다.

이후에 마음을 고쳐먹고 다시 연락해 온다고 하더라도, 김광수처럼 사람을 낮잡아 보고 욕심 많은 이와 손을 맞잡을 생각은 추호도 없었다.

말을 마친 도진이 가지런히 벗어 두었던 재킷을 집어 들고 일어나려고 하자 김광수가 다급히 도진을 붙잡았다.

"아니, 도대체 뭐가 마음에 안 들어서 그러십니까!"

도진은 그런 김광수의 태도를 도무지 이해할 수 없다는 듯 물었다.

"그걸 정말 몰라서 물으세요?"

"아니, 김도진 셰프."

김광수는 한숨을 푹 내쉬며 입을 열었다.

"지금 뭔가 단단히 잘못 알고 있는 것 같은데, 방송물 좀 먹은 햇병아리가 셰프 놀이하는 데 장단 맞춰 주는 거. 그거 얼마나 갈 것 같아요? 지금 이렇게 일어나면 아주 후회하실 겁니다."

"후회요? 제가 왜요?"

도진이 코웃음을 치며 되묻자 김광수는 골치가 아프다는 듯 머리를 짚으며 말을 이었다.

김광수의 얼굴에는 짜증스러움과 답답함이 섞여 있었다.

"어차피 사람들한테 잊히고 인기 떨어지면 아무도 찾는 사람 없을 텐데, 너 같은 새파란 애송이한테 몇억씩이나 선뜻 투자해 주겠다는 사람이 나올 것 같아?"

어느새 처음 만났을 당시 선하게 웃고 있던 남자는 온데간데없었다.

드디어 본색을 드러내는 김광수의 모습에 도진이 미련 없이 자리에서 일어섰다.

"이제야 진심을 말씀하시네요. 걱정해 주신 건 감사할 따름입니다. 하지만 제 일은 제가 알아서 할 테니 신경 꺼 주시면 감사하겠습니다."

지이잉― 지이잉.

어디선가 울리는 진동 소리에 도진은 말을 하다 말고 재킷 주머니를 뒤적여 휴대폰을 꺼내 들었다.

화면에 뜬 이름을 확인한 도진은 한쪽 입꼬리를 씩 올려 미소를 지으며 말을 이었다.

"그리고 아무래도 그 셰프 놀이에 동참해 주실 분이 연락을 주신 것 같으니, 저는 이만 가 보겠습니다."

도진은 문을 닫고 나가려다 문 앞에 서서 한마디를 덧붙였다.

"계산은 새파란 애송이인 제가 할 테니, 음식은 포장이라도 해서 가족들이랑 같이 드세요."

도진은 말없이 고개만 숙여 인사하고는 미닫이문을 닫고 김광수의 시야에서 사라졌다.

그렇게 도진이 프라이빗 룸에서 나간 뒤, 김광수는 넋이 나간 얼굴로 도진이 사라진 자리를 바라보다 분을 못 이긴 듯 고함을 내지르며 테이블을 내리쳤다.

'쾅!' 하는 소리가 텅 빈방에 울려 퍼졌고.

"두고 봐. 내가 너 하나 정도는……."

김광수의 갈 곳 잃은 분노는 가라앉지 않은 듯 그는 여전히 씩씩거리며 조용히 중얼거렸다.

⁂

도진은 미닫이문을 닫고 나와 계산을 위해 계산대로 향하며 전화를 받았다.

"제일 먼저 투자 제안서 보내 드렸는데 연락 없으셔서 관심 없으신 줄 알았어요."

조금은 서운한 듯한 목소리의 도진에 수화기 너머의 인물은 너털웃음을 터트리며 대답했다.

—도움이 필요하면 연락을 달라고 했던 건 난데 설마 그럴 리가! 바빠서 보내 준 서류를 이제 봤지 뭔가.

"이제라도 연락해 주셔서 감사합니다, 김 회장님."

—혹시 벌써 다른 투자자를 구했나? 내가 너무 늦은 건 아니겠지?

도진은 그런 상대방의 반응에 웃음을 터트렸다.

"설마요. 늦으셨을 리가 없죠."

도진은 기분 좋은 목소리로 대답했다.

여러 투자자들에게 투자 제안서를 보내고 난 이후 가장 기다리던 이의 연락이었기 때문이었다.

—자네가 보내 준 투자 제안서는 잘 확인했네. 내 가능하다면 투자를 좀 하고 싶은데…….

"감사합니다, 회장님. 사실 회장님 외에도 투자에 대한 의사를 보인 분들이 좀 있어서, 모두에게 시식회 겸 프레젠테이션을 하려고 하는데 혹시 시간 괜찮으실까요?"

도진의 말에 수화기 너머에서 큰 웃음이 터져 나왔다.

—역시 자네는 참 똑똑하단 말이야. 알겠네. 그러면 시식회는 언제 하는 거지?

"다음 주 화요일입니다."

-그럼 다음 주에 보도록 하지.

김 회장은 용건만 빠르고 간단하게 소통한 뒤, 미련 없이 전화를 끊었다.

누구와는 다른 너무나도 간결하고 젠틀한 전화였다.

모로 가도 서울로 가면 된다고, 도진은 자신의 생각과는 조금 달라졌지만, 어찌 되었든 차근차근 준비한 대로 이뤄져 가고 있는 일들에 만족스러운 미소를 지었다.

그렇다면 어쩌다가 시식회를 열게 되었는가 하니.

시작은 가장 처음, 투자 제안서를 돌리기 전부터 이어진 고민 탓이었다.

성은준과 손을 맞잡은 뒤, 모자란 창업 비용을 메꾸기 위해 추가로 투자자를 모색하고자 한 도진이 가장 먼저 떠올린 사람은 다름 아닌 김 회장이었다.

그는 일전에 '서바이벌 국민 셰프'의 촬영 당시 도진에게 이런 말을 한 적이 있었다.

-언제든 도움이 필요하면 연락하게.

하지만 도진은 전화기를 들었다 놓았다 하며 쉬이 연락하지 못한 채, 그의 명함을 한참 동안 뚫어져라 쳐다보며 고민했다.

함께 카페에 앉아 메뉴를 다듬던 성은준은 그런 도진의 모습에 물었다.

"도대체 뭐가 문제인데? 그냥 좀 도와 달라고 하면 되는 거 아니야?"

"하지만, 그렇게 쉽게 도움을 받는 건 싫은걸요. 정말 이 투자 계획서에 가치를 느껴서 투자했으면 좋겠어요."

도진의 대답에 성은준은 이해할 수 없다는 듯한 표정을 지었다.

이미 투자 받기 위한 목적으로 작성한 계획서가 있는데 도대체 무엇이 부족하단 말인가.

"계획서만으로 이미 충분한 거 아니야?"

"하지만……."

성은준의 물음에 도진이 고개를 저으며 대답했다.

"이것만으로는 제가 뭘 보여 주고 싶은 건지 잘 모를 수 있잖아요."

성은준의 말도 틀린 것은 없었다.

본디 투자 계획서란 투자를 받기 위한 목적으로 작성하는 것이었고, 대부분이 공을 들여 작성한 계획서를 통해 투자를 받는 것이 정석의 코스였다.

하지만 도진은 그것만으로는 아쉽다고 느꼈다.

'이 사업의 가장 큰 강점은 흔치 않은 제대로 된 퓨전 한식 파인다이닝이라는 거지. 그렇다는 것은……'

투자자 본인이 투자 계획서에 적혀 있는 메뉴들이 어떤 맛인지 알아야만 했다.

그것을 어떻게 마케팅하고 사람들의 호기심을 끌 것인지, 그리고 관심을 꾸준히 이어서 어떻게 사람들의 발길을 돌릴지 보여 줘야만 했다.

익숙하지 않은 음식의 맛을 상상하는 데서 그치는 것이 아니라, 그 맛이 왜 강점이 되는지 보여 주고 싶었다.

하지만 당장은 그걸 알려 줄 길이 없으니, 도진은 고민할 수밖에 없는 노릇이었다.

도진의 침음과 근심이 이어지는 가운데, 그 기다림을 견디지 못한 성은준이 결국 닦달하듯 물었다.

"그럼 어떻게 할 건데?"

"그게 문제니까 지금 이렇게 고민하고 있죠. 이걸 만들어서 떠먹여 줄 수도 없고……."

도진의 한숨 섞인 한마디.

그에 성은준이 눈을 동그랗게 뜨며 되물었다.

"왜? 뭐가 문제인 건데? 그냥 만들어서 먹여 주면 되는 거 아니야?"

"아니, 이걸 그냥 집에서 만들어서 먹일 순 없잖아요. 그렇다고 어디 식당 하나를 빌릴 수 있는 것도 아니…… 아니지.”

시름에 잠긴 표정으로 말을 하던 도진의 얼굴에는 순식간에 화색이 돌았다.

“형, 형은 진짜 천재가 분명해요.”

도진은 성은준의 손을 맞잡으며 감탄 어린 표정을 지었다.

‘이걸, 내가 왜 생각을 못 했지?’

식당을 빌려 요리를 대접하는 것.

그렇게 도진은 시식회 겸 프레젠테이션을 준비하기로 하고, 자신의 파인다이닝에 투자할 의사를 보이는 이들에게 시식회의 참석권을 보내게 된 것이었다.

투자자들에게 직접 요리를 해서 맛을 보여 주는 것.

도진은 어째서 이 가장 쉽고 간단한 방법을 생각하지 못했던 것인지에 대해 이해할 수 없었다.

결국 레스토랑의 가장 근본적인 것은 음식의 맛이었다.

아무리 홍보를 잘하고 예쁘게 꾸며 놨다고 하더라도, 맛이 없으면 손님들은 다시 그곳을 찾지 않는다.

하지만 맛이 있다면, 사람들은 그곳에서 식사하기 위해서 웨이팅을 불사했다.

레스토랑의 인테리어와 홍보는 둘째라는 소리였다.

'요리만큼은……..'

도진은 자신의 요리에 대해서 자신 있었다.

지난 생에서 요리 실력을 발전시키기 위해 했던 많은 고민과 노력은 시간을 되돌아왔다고 하더라도 절대로 사라지지 않았다.

게다가 수 셰프로 일했던 시간 동안 레스토랑을 운영하는데에 있어서 중요한 것들을 배웠고.

마침내 자신의 파인다이닝을 오픈하기까지에 있어 이미 한번 경험해 본 것들이었다.

투자를 유치하는 것 또한 마찬가지였다.

지난 생에서 마그레에게 투자받기 위해서 사업 계획서를 작성하고, 자신의 요리로 어떤 것을 표현하고 싶어 했는지 직접 맛을 보여 주며 설명하지 않았던가.

이번에는 그 규모가 조금 더 커질 뿐이었다.

'직접 음식을 맛보게 되면 분명 생각이 달라지겠지.'

그리고 한 가지 더.

투자자들이 걱정하는 것은 이미 알고 있었다.

도진의 나이.

이제 곧 성인이 되는 도진의 나이는 투자자들에게 있어서는 걱정거리였을 게 분명했다.

고작 열아홉 살의 나이로 과연 일반 식당도 아닌 파인다이닝을 운영하는 게 가능할 것인가.

'투자 금액이 적은 것은 아니니 걱정이 될 법도 하지.'

외국에서야 이런 파인다이닝의 문화가 조금 더 널리 퍼져 있었고, 투자를 하는 이들도 큰손이 많았다.

하지만 아직 국내에서는 파인다이닝 문화 자체가 그리 흔하지 않았다.

그렇기 때문에 투자를 했을 때 과연 성공할 수 있을까도 깊이 생각하지 않을 수 없는 문제였다.

도진은 이번 시식회를 통해 사업 계획에 대한 프레젠테이션은 물론 질의응답을 할 생각이었다.

남의 손을 통해 적었을지도 모른다는 생각에 쉬이 믿기 힘든 사업 계획서 대신.

직접 자신이 만들고자 하는 파인다이닝을 프레젠테이션하는 것뿐만 아니라, 어떻게 운영할 것인지는 물론이고 투자금의 회수 계획에 관해서 설명할 생각이었다.

'그렇게 직접 질문을 하고 대답하는 시간을 가지면, 신뢰성이 좀 더 높아지겠지.'

도진은 빠르게 시식회를 준비하기 위해 가장 먼저 핸드폰을 들어 누군가에게 전화를 걸었다.

몇 번의 신호음이 울리고 이윽고 상대쪽에서 전화를 받았다.

-여보세요.

"네, 셰프님. 잘 지내고 계시죠?"

도진은 반가운 목소리로 인사를 건네며 곧장 본론을 꺼냈다.

"혹시 가든파티 휴무일에, 저희가 하루 대관을 할 수 있을까요?"

전화 상대는 다름 아닌 김주홍이었다.

갑작스러운 전화였음에도 불구하고 김주홍은 도진의 연락에 흔쾌히 고개를 끄덕이며 수락해 주었다.

어차피 쉬는 날이기도 하니, 하루 정도는 큰 문제 없이 빌려줄 수 있다는 뜻이었다.

도진은 고마운 마음에 김주홍에게 많지는 않지만 '가든파티'의 대관비를 주고자 했지만, 그는 한사코 거절했다.

-제가 염치가 있지 어떻게 그걸 받아요. 쉬는 날이니까 그냥 빌려드릴 수 있어요.

게다가 한술 더 떠 그는 '일손이 부족하지 않겠냐'며 자신도 도와주겠다며 두 팔을 걷고 나섰다.

덕분에 든든한 구원 투수를 얻게 된 도진과 성은준은 거침없이 시식회를 준비할 수 있었고……

마침내 김 회장의 전화를 받은 순간.

-도움이 필요하면 연락을 달라고 했던 건 난데 설마 그럴 리가! 바빠서 보내 준 서류를 이제 봤지, 뭔가.

　도진은 드디어 때가 왔다는 생각이 들었다.

　그리고 성은준에게 말했다.

　"형, 이제부터가 실전이에요."

　사실 다른 이들의 투자도 중요했지만, 도진은 김 회장의 투자가 가장 기대할 만하다고 생각했다.

　이미 자신의 요리를 한번 맛본 적이 있었고, 자신에게 도움을 주겠다는 호의적인 말까지 한 적이 있는.

　애초에 처음부터 그에게 도와 달라고 할 수도 있는 노릇이었지만, 도진은 그렇게 하지 않았다.

　처음부터 투자해 달라고 요구하는 것보다, 투자자들끼리의 경쟁 심리를 자극하면 더욱 큰 투자를 받을 수 있다는 생각에서였다.

　물론 그 경쟁 심리를 자극하는 것은 이번 시식회가 절정이 될 것이 분명했다.

　그렇기 때문에 이번 시식회는 그 무엇보다 만반의 준비가 필요했다.

　도진과 성은준은 도대체 몇 번째인지 모를 만큼의 회의를 거듭했다.

　"일단 시식회는 가든파티를 섭외해 두었으니 장소는 문제 없어요. 홀 서비스의 경우 급하게 사람을 구하기는 힘드니까, 가든파티 직원분들 중에 나와 주실 수 있는 분들에게 부탁해 둔 상태고……."

'가든파티'에서 보여 줄 수 있는 거라고는 정말 요리뿐이었다.

인테리어나 홍보, 마케팅 등은 오로지 프레젠테이션을 통해 설명해야 했기 때문에 도진은 그에 관한 자료도 다시금 제작했다.

한눈에 보기 쉬운 형태의 팜플렛 느낌이었다.

도진은 시식회에 오는 이들에게 이것을 미리 전달하고, 식사를 하기 전 프레젠테이션을 진행한 뒤.

궁금한 것이 있다면 개인적으로 질문을 하는 형태로 진행할 심산이었다.

'그렇게 되면 다른 사람들과 무슨 얘기를 주고 받았는지 알 수 없으니, 더욱 궁금하고 안달 날 수밖에 없을 테지.'

도진의 계획을 들은 성은준은 도진을 경외로운 눈빛으로 쳐다볼 수밖에 없었다.

"이런 건 도대체 어떻게 생각하는 거야?"

자신은 요리만 할 줄 알았지, 이런 식으로는 전혀 생각지도 못했다며 말하는 성은준의 모습에 도진이 미소를 지으며 말했다.

"이것도 일종의 권모술수라고 할 수 있죠."

씩 웃는 도진의 모습에 성은준이 몸을 부르르 떨며 말했다.

"너랑 같은 편이라서 정말 다행인 것 같아."

그 모습에 도진은 한번 더 웃음을 터트릴 수밖에 없었다.

시간은 빠르게 흘러 시식회 당일.

참석 의사를 밝힌 예비 투자자들의 인원을 미리 확인해 둔 덕분에 테이블에는 삼각형의 모양으로 초청된 투자자들의 이름이 적혀 있었다.

도진은 준비해 둔 팜플렛을 인원수에 맞도록 각 테이블에 올려 두었다.

그리고 이내 패스를 둘러싼 모양으로 서 있는 '가든파티'의 직원들을 둘러보았다.

모두 자신과 성은준을 도와주기 위해 모인 이들이었다.

도진은 목을 몇 번 가다듬고는 입을 열었다.

"여기서 보니까 저희 함께 일했을 때가 생각나네요. 다들 저희를 도와주시기 위해 모여 주셔서 감사합니다."

분명 쉬는 날이니만큼 편히 쉬고 싶었을 게 분명했다.

하지만 정말 고맙게도 도진과 성은준의 소식을 듣고 자원해 준 이들이었다.

오늘 오게 될 총 10개의 테이블에 무사히 서비스를 마치기 위한 4명의 홀 직원과, 급히 메뉴를 익힐 수는 없었기에 실전에서 메뉴를 쳐 내기는 힘들겠지만 재료 손질이라도 도와드리겠다며 나선 3명의 주방 직원들, 그리고 이제는 어엿한 '가든파티'의 오너가 된 김주홍까지.

어떻게 더 표현해야 할지 모르겠을 정도로 고마운 이들이 분명했다.

도진은 그들에게 다시 한번 감사의 말을 전하며 오늘 있을 시식회 겸 프레젠테이션에 대해 브리핑을 시작했다.

가장 먼저 도진은 음식을 서비스해 줄 홀 서버들에게 종이를 나눠 주며 말했다.

"우선 시식회를 시작하기 전에 간단하게 프레젠테이션을 먼저 진행할 예정인데, 서버분들은 그 전까지 이 내용을 숙지해 주세요. 오늘 내갈 메뉴들에 대한 설명이 적힌 거예요."

4명의 서버들의 손에 쥐어진 종이는 사진과 함께 이해하기 쉽도록 요리에 대한 설명들이 적혀 있었다.

도진이 지금껏 고민한 흔적들이 고스란히 담긴 메뉴들이었다.

홀 서버들은 천천히 메뉴에 대한 설명을 읽어 나가면서 입 안에 고이는 침을 꿀꺽 삼킬 수밖에 없었다.

"와, 이 유채꽃 무침을 곁들인 스테이크는 진짜 너무 맛있겠다."

"저는 그냥 다 맛있어 보여요. 아침 먹고 나올걸."

"나는 이거. 라이스 페이퍼 튀긴 식감이 장난 아닐 것 같은데?"

개중에는 익숙한 메뉴도 있었다.

"어? 셰프님, 이거 예전에 서바이벌 프로그램에서 만드셨던 메뉴 아니에요?"

"맞아요. 코스에 잘 어울릴 것 같아서 포함했는데 어떻게 알았어요?"

"아이, 참. 제가 셰프님 팬이었다니까요."

도진은 능청스럽게 말하는 직원의 모습에 웃음을 터트렸다.

그 모습에 주방을 돕기로 한 요리사들은 홀 서버들이 들고 있는 종이의 내용이 궁금해 기웃거렸고.

이내 도진은 그들에게 홀 서버들이 들고 있는 종이와 비슷한 듯하지만 다른 내용이 적힌 종이를 쥐여 주며 말했다.

"자, 우리 요리사님들은 이걸 봐주시면 됩니다."

서버들이 받은 것보다 조금 더 빼곡한 글씨가 적혀 있던 종이는 오늘 예비 투자자들에게 선보일 메뉴에 대한 레시피와 재료 손질 방법에 대해 적혀 있었다.

"한번 읽어 보시고 이따 직접 재료 손질할 때는 제가 미리 시범을 보여 드리도록 하겠습니다. 레시피는 참고하시라고 적어 뒀어요. 궁금한 점 있으면 말해 주세요."

천재셰프
회귀하다

요리사들은 웃으며 말했다.

"레시피까지 적혀 있으니까, 이따 요리하실 때 손이 모자라시면 저희가 도와드릴 수도 있겠어요!"

"그러게, 이 정도로 상세하게 적혀 있는 정도면 충분히 가능하겠는걸."

"셰프님, 이거 너무 일급 기밀인데 쉽게 노출하신 거 아니에요?"

이 정도면 레시피 들고 다른 데 가서 장사를 할 수도 있겠다며 우스개소리를 하는 직원의 말에 도진은 낮게 웃으며 말했다.

"아무래도 글로 읽는 거랑 직접 만드는 건 다를 수밖에 없으니까, 괜찮아요."

요리는 레시피도 중요했지만 손끝에 남아 있는 기억들도 중요했다.

직접 몸으로 익힌 기술들.

잊으려야 잊을 수 없는 아주 소중한 자산들이 분명했다.

아무리 레시피를 줄줄이 적어 놓았더라도, 연어는 얼마나 익혀야 할지, 소스의 농도는 어디서 끓이는 걸 멈춰야 가장 적절할지, 면은 얼마나 익혀야 적당한 식감을 가질 수있을지.

그저 적혀 있는 것을 읽고 만드는 것과, 몇십 번, 몇천 번의 연습을 통해 직접 체득한 것을 이길 수 없다고 생각했다.

도진은 그 모든 것을 직접 체득했기 때문에 자신이 있을 수밖에 없었던 것이다.

그리고.

"다들 어디 가서 레시피 유출할 분들이 아닌 건 확실히 알고 있으니까요."

함께 일했던 이들에 대한 신뢰만큼 중요한 것은 없었다.

도진은 그들을 향해 고개 숙이며 말했다.

"자, 그럼 다들 오늘 하루 잘 부탁드립니다!"

"잘 부탁드립니다!"

오늘 하루뿐인 용병들이었지만 무서울 게 하나 없을 만큼 우렁찬 대답에 도진은 미소를 지었다.

시식회 겸 프레젠테이션은 순탄하게 흘러갔다.

미리 공지했던 시간이 되자 준비해 두었던 홀은 예비 투자자들이 저마다 자신의 자리를 차지하고 앉아 있었으며, 도진의 프레젠테이션 또한 무탈하게 끝났다.

이윽고 이어진 코스의 전개는 더할 나위 없이 매끄럽게 진행되었다.

서버들이 물 흐르듯 부드러운 움직임으로 음식을 서비스했고, 접시가 비면 이내 다음 코스가 곧바로 전개되었다.

그 모습에 혀를 내두른 건 다름 아닌 주방에 있던 직원들이었다.

꼼꼼하게 적힌 레시피에 손이 바쁘면 도와드릴 수도 있겠다며 흘러가듯 말했지만 모두 진심이었던 요리사들은 도진이 부탁했던 재료 손질을 끝낸 뒤.

모두 레시피만 달달 외우듯 보고 있었다.

하지만.

"낄 수가 없네."

"그러게, 세 분 다 대단하다. 아무리 미리 합을 좀 맞춰 보셨다고 하더라도 이건 뭐 그냥 한 팀 같은걸."

그들이 낄 틈이라고는 전혀 보이지 않았다.

도진과 성은준, 그리고 김주홍까지.

세 사람이 일당백처럼 움직이며 자신의 할 일을 척척 해내고 있었기 때문이다

김 회장은 너무나 만족스러운 표정으로 식사를 끝내곤 입가를 닦은 뒤.

주변을 둘러보았다.

많지는 않았지만, 익숙한 얼굴들이 눈에 띄었다.

그들도 김 회장의 시선을 눈치채고는 고개를 숙이며 눈짓

으로 인사를 주고받았다.

'김도진, 역시 재미있어.'

김 회장으로서는 보면 볼수록 흥미로운 젊은이였다.

이런 식으로 투자 계획서의 프레젠테이션을 할 생각을 하다니.

'서바이벌 국민 셰프'의 촬영 당시에는 그저 작은 호기심이었다.

아마추어가 작성한 투자 계획서라고는 믿기지 않을 만큼 틀을 잘 짜 맞춰 작성한 서류였기에 관심이 갔다.

당시 직접 마주했던 도진의 눈동자가 아직도 선명하게 기억났다.

올곧게 자신을 바라보던 눈빛.

'이놈은 뭘 해도 될 놈이다.'

김 회장은 그래서 투자 계획서 미션 당시 모든 시식이 끝나고, 도진을 개인적으로 불러 명함을 건네줬었다.

"언제든 도움이 필요하면 연락하게."

그렇게까지 말했건만.

기껏 개인 번호가 적힌 명함을 주었는데 도진은 방송이 끝난 뒤에도 아무런 연락을 하지 않았다.

조금 아쉬운 마음이 들었지만, 그러려니 했다.

'언젠가 내 도움이 필요하면 연락하겠지.'

그런 생각이었다.

하지만 그 와중에도 도진의 행보는 끊임없이 그의 귀로 흘러 들어왔다.

'서바이벌 국민 셰프'의 우승에 이어 스핀오프로 후속작인 '청춘 셰프'의 출연 소식.

그리고 그 후 비록 객원이긴 했으나 최석현이 오픈한 '아틀리에'의 셰프로 일하게 도진은 최연소 셰프라고 불리게 된 셈이었다.

게다가 당시 '아틀리에'는 시즌마다 객원 셰프를 통해 새로운 메뉴를 선보이며 신예 셰프를 발굴하는 운영 방식을 선포했다.

모두가 쉽지 않은 길이라며 망할 것이라 단언했지만, 아틀리에의 첫 객원 셰프로 고용된 도진은 번듯하게 그 말이 틀렸다는 것을 증명해 냈다.

심지어 두 번이나.

첫 번째 시즌이야 그저 호기심으로 찾은 이들로 가게가 성황을 이룰 수 있었다.

하지만 두 번째 시즌은 달랐다.

좋은 말로 하면 진짜 실력을 뽐낼 수 있는 자리였고, 솔직하게 말하자면 밑천을 드러낼 수밖에 없는 곳이었다.

연달아 두 시즌을 꾸며 내야 했기 때문에 사람들은 첫 번째 시즌과는 또 다른 두 번째 시즌이 과연 어떨지, 시즌 간에 얼마나 변화가 있을 것인지.

얼마나 새로운 느낌을 내면서 그들의 기대를 충족하는 맛을 낼 수 있을지 주목했다.

　도진은 보란 듯이 그들을 만족시켰다.

　비록 두 시즌만 맡았기에 가능했던 것일 수도 있다.

　그 이상의 시즌을 맡게 되었으면 아이디어가 고갈되어 더좋은, 나은 코스를 보여 주지 못했을 수도 있는 일이었다.

　하지만 어찌 되었든 도진은 그것을 성공시켰고, 자잘한 방송 출연에 이어 '가든파티'의 계약직 수 셰프가 되기까지.

　그리 길지 않은 시간이었음에도 도진은 자신의 존재를 차근차근 브랜딩하고 사람들에게 각인시키고 있었다.

　김 회장은 점차 그런 도진이 탐나기 시작했다.

　'한번 같이 일해 보고 싶은데 통 연락이 없으니……'

　그때 마침 도진의 투자 계획서를 받아 보게 된 것이다.

　그리고 초대권 또한.

　명함을 가지고 있었음에도 이렇게 회사 측으로 투자 계획서를 보낸 것은 물론이고…….

　투자 계획서의 프레젠테이션을 할 예정이라며 동봉한 초대권을 들고 도착한 곳에서 이렇게 멋들어진 식사라니.

　도진이 정말 칼을 빼 들었구나 싶었다.

　'음식 맛으로 승부를 볼 테니, 진심으로 투자하고 싶으면 투자해라. 그런 뜻이겠지.'

　자신뿐 아니라 다른 투자자들에게도 연락했다는 것은 그

만큼 자신이 있다는 뜻이기도 했고, 어찌 보면 일종의 도발이기도 했다.

김 회장은 마치 도진의 목소리가 귓가에 들리는 듯한 기분이었다.

'내가 이렇게 탐나는 걸 들고 와서 다른 사람들도 이렇게 군침을 흘리는데, 이래도 투자를 안 하고 배길 수가 있어?'

심히 당돌한 처세였지만, 김 회장은 그런 도진의 태도가 마음에 들었다.

얼마의 시간이 지났을까.

상념에 잠긴 김 회장의 앞에 서서 인사를 건네는 인물이 있었으니.

"안녕하십니까. 회장님. 찾으셨다고 들었습니다."

마치 맞춤복인 것처럼, 그 무엇보다 잘 어울리는 조리사복을 입은 채 맑게 웃는 얼굴을 한 도진이었다.

"이거야 원, 도움이 필요하면 연락 달라고 했는데 이렇게 연락을 줄 거라고는 생각도 못 했구먼."

"식사는 좀 괜찮으셨어요?"

"그럼, 내 아주 싹싹 비워서 먹었지."

만족스러운 얼굴을 한 김 회장의 모습에 도진은 슬며시 미소를 지었다.

"투자 계획서도 잘 받아 보셨고요?"

"그래, 그래서 자네는 얼마나 받고 싶은 겐가?"

"얼마나 주실 수 있는데요?"

도진의 말에 김 회장이 호탕하게 웃음을 터트렸다.

"내가 이래서 도진 군을 좋아해. 참 당돌하단 말이지. 그리고 그만큼 돌려줄 수도 있는 사람이라는 걸 이렇게 확실하게 보여 주니……."

김 회장은 자기 턱을 쓰다듬으며 말했다.

"내가 전액 다 투자하도록 하지."

그 말에 놀란 도진이 '너무 큰 금액입니다.'라며 그를 만류하려 했다.

본래라면 김 회장에게 가장 많은 투자 금액을 유치하고, 다른 이들에게도 조금씩의 투자를 받을 생각이었기 때문이다.

하지만 김 회장은 그런 도진의 말에 고개를 저으며 말했다.

그런 걱정을 왜 하냐는 듯한 표정으로 김 회장이 말을 덧붙였다.

"자네가 깜빡한 것 같은데, 나는 제일의 대표이사일세. 여전히 현역이지."

자신을 소개하는 김 회장의 말에서는 상당한 자부심이 섞여 있었다.

천재셰프
회귀하다

"좋네. 내 안국 쪽에 건물이 하나 산 게 있어. 그냥 옛 한 정식집이었는데. 그걸 어떻게 할지 고민하고 있었거든."

"네?"

도진은 갑작스러운 김 회장의 고민에 영문을 알 수 없다는 듯 되물었다.

"내 그 건물을 투자하지. 자네가 원하는 대로 꾸며 보게. 동네 분위기랑 자네가 하려는 거랑 잘 어울릴 것 같은데…….
어떤가?"

진득하게 웃으며 말하는 김 회장의 눈빛이 뱀처럼 날카롭게 빛났다.

"거기서 한번 시작해 볼 생각 없는가?"

도진은 생각지도 못한 말에 놀라 눈을 크게 뜨며 김 회장을 바라보았다.

"네? 건물 하나를 다요?"

"그래, 그렇게 크지 않은 건물이니 부담 가지지 말게. 어차피 빈 곳이고, 어떻게 쓸지 고민하던 중이었네."

"아무리 그래도.……."

부담스러운 기색을 보이는 도진의 모습에 김 회장은 웃음을 터트렸다.

"도진 군이 보낸 투자 계획서를 보자마자 내 거기가 딱 떠올랐다니까. 창덕궁이 보이는 한옥집에 한식 퓨전 파인다이닝이라니, 잘 어울리지 않겠는가."

김 회장이 너털웃음을 지으며 말을 덧붙였다.

"나는 자선사업가가 아니야. 내가 본 자네라면 내 기대에 부응해 줄 수 있으리라고 생각하네."

반쯤 접힌 틈새로 보이는 김 회장의 눈빛은 진심이 가득했다.

그리고 그 눈을 본 도진은 저도 모르게 달아오르는 기분을 느꼈다.

'됐다!'

김 회장의 흥미를 끌고자 했던 도진의 계획은 완벽을 넘어서 이보다 더 성공적일 수 없다고 할 만큼 성공적이었다.

"그럼 내일 아침 9시까지 이 주소 앞에서 보도록 하지."

도진은 이른 아침 김 회장과의 약속으로 인해 집을 나서면서도 전날 저녁의 발언으로 인해 괜히 불편한 마음에 쉬이 걸음을 떼지 못했다.

하지만 투자와 관련된 상세한 얘기를 나누기로 했기 때문에 발길을 옮겨야만 했다.

도희 녀석이야 아직 자고 있을 게 뻔한 시간이었고, 안방에서는 분명 기척이 들리는 데도 나오실 기색조차 없는 게 아무래도 어머니는 단단히 삐지신 게 분명해 보였다.

"다녀오겠습니다."

결국 도진은 닫혀있는 방문을 향해 인사를 건네곤 집에서 나올 수밖에 없었다.

뒤숭숭한 마음도 잠시였다.

이내 김 회장이 알려 준 주소의 앞에 도착한 도진은 이곳이 맞는지 다시금 지도를 확인했다.

지하철에서 내려 골목골목을 지나 도착한 곳에는 멋들어진 한옥이 자리를 잡고 있었다.

도진은 자신이 본 것이 맞는지 다시금 눈을 씻고 확인했다.

"여기가, 맞나."

"아무리 봐도 여기가 맞지."

"어우! 깜짝이야……. 은준이 형, 언제 왔어요?"

도진은 어느새 자신의 옆에 다가온 성은준의 목소리에 깜짝 놀라 물었다.

"나도 방금 왔어. 그러니까, 여기가 앞으로 우리가 일하게 될 곳이라는 말이지?"

"네, 맞아요. 알려 주신 주소가 맞다면 여기가 바로 그곳이겠군요."

"그렇지, 여기가 바로 그곳이지."

"으억! 깜짝이야! 회장님!"

"허허, 뭘 그렇게 놀라고 그러나."

이번에는 갑작스럽게 등장한 김 회장의 목소리에 깜짝 놀란 도진이 작게 한숨을 내쉬었다.

"아니, 오늘 두 분 다 저 몰래 짰어요? 왜 이렇게 조용히들 등장하세요."

도진의 말에 웃음을 터트린 김 회장은 이내 진지한 얼굴이 되어 앞장서며 말했다.

"아직 안쪽까지 둘러보지는 못했겠지? 어여 들어가 봄세."

김 회장은 직접 앞장서며 자신이 이곳을 인수하게 된 사연을 얘기하기 시작했다.

"여기가 원래 예전부터 내 단골이었던 집인데, 사장님이 워낙 연세가 많아서……."

오래전부터 내려오던 한정식집이었지만 물려받을 사람이 없어서 결국 폐업하게 된 곳이었는데 위치도 좋고 분위기도 좋아 아쉬운 마음에 인수했다는 얘기였다.

넘겨받은 지 얼마 안 된 상태에서 마침 도진의 사업 계획서를 받아 보고는 '이거다!' 싶었다며 말하는 김 회장은 어쩐지 어린아이처럼 들뜬 모습이었다.

"건물이 좀 오래돼서 고쳐야 할 데가 좀 많기는 한데, 그래도 관리는 잘해 둔 터라 잘만 고치면 분위기는 꽤 괜찮을 거야."

김 회장은 두 사람을 데리고 가게의 곳곳을 소개했다.

넓은 홀에 조금 **빽빽하게** 들어차 있는 테이블과 조금 떨어져 있는 주방.

그리고 프라이빗하게 올 수 있는 별관까지.

도진은 눈앞에 보이는 광경을 어떻게 바꿔야 할지 눈을 감고 머릿속에 그려 보았다.

옛것의 느낌이 가득한 격자무늬의 창호와 그 틈새로 은은하게 들어오는 햇빛.

손님들 간의 프라이버시도 지켜질 정도로 널찍하게 배치되어 있는 밝은 원목 테이블.

'개방형 주방으로 만들어서 가운데에 주방을 배치하는 것도 괜찮을지도 모르겠어.'

애초에 생각했던 현대적이고 심플한 디자인의 인테리어와는 전혀 다른 느낌이 되었지만, 이건 이거대로 오히려 좋았다.

인테리어가 한옥의 느낌이 물씬 나니, 메뉴도 좀 더 한식의 느낌을 첨가해서 내도 좋아질 터였다.

도진은 가게를 둘러볼수록 머릿속에 샘솟는 듯한 아이디어를 마구 내뿜듯 말하자 그것을 듣고 있던 성은준도 덩달아 이런저런 아이디어를 내밀었다.

김 회장은 그런 두 사람의 얘기를 듣고 있다가 웃음을 터트렸다.

"젊은이들이 파이팅이 넘쳐서 아주 보기가 좋구먼. 그럼 가게도 어느 정도 둘러봤으니, 투자에 관한 자세한 얘기는 자리를 옮겨서 한번 해 보도록 할까?"

김 회장의 존재를 완전히 잊고 있던 도진이 그의 말에 머쓱하게 웃으며 고개를 끄덕였다.

천재셰프
회귀하다

오픈 전 가장 중요한 건

본격적으로 영업을 시작하기 위해서 가장 먼저 준비되어야 할 것은 장소였다.

도진은 김 회장이 투자의 일환이라며 안내한 한옥을 어떻게 고쳐야 할지 한참 고민해 보았다.

이전에도 식당으로 사용되었던 건물이었기에 전체적으로 깔끔하기는 했지만, 도진이 생각하고 있는 파인다이닝의 분위기와는 어울리지 않았다.

외견은 한국적인 느낌이 물씬 나는 한옥의 아름다움을 간직하고 있었지만, 내부는 좌식 테이블로 구성된 보통의 식당과 다를 바 없었다.

도진은 그 점이 못내 아쉬웠다.

세월의 흔적을 고스란히 간직한 짙은 나무 기둥과 창호지 문은 물론이고, 분명 천장을 뜯어 보면 서까래도 그대로 남아 있을 터였다.

　'이걸 살리면 참 좋을 텐데…….'

　천장을 뜯어내 서까래를 복원만 잘 해낸다면 한옥 특유의 느낌을 살리는 것과 동시에 단점인 낮은 천장을 극복할 수 있을 것이다. 하지만 그렇게 되면…….

　'비용이 너무 많이 들겠지.'

　심지어 한옥이었기에 전문가가 아닌 자신이 직접 손을 대기에는 부담이 컸다.

　'잘못 건드리면 되돌릴 수 없을 것 같아.'

　한참을 고민하던 도진은 결국 어디론가 전화를 걸었다.

　뚜르르- 뚜르르-.

　세 번의 신호음이 채 울리기 전, 수화기 너머에서 이제는 익숙해진 목소리가 들려왔다.

　-어어, 그래. 도진 군. 어쩐 일인가?

　"회장님, 잠깐 통화할 수 있으세요?"

　-그럼, 물론이지.

　도진의 전화를 받은 것은 김 회장이었다.

　갑작스레 도진이 김 회장에게 전화를 건 이유는 다름 아닌 지난번 김 회장과의 방문 당시.

　혹여라도 인테리어와 관련해서 힘든 게 있으면, 연락하라던 김 회장의 말이 떠올랐기 때문이었다.

"보여 주신 가게 말인데요. 모처럼 한옥인 만큼, 그 멋을 살려서 인테리어를 해 보고 싶어서요."

-그거야 자네들이 운영할 가게인데 알아서 하게나.

"그런데……."

-음? 그런데? 무슨 문제라도 있는가?

도진은 어떻게 말을 꺼내야 할지 잠시 머뭇거렸다.

자신이 생각하는 이미지대로 만들기 위해서라면 외견은 남겨 두되, 내부는 완전히 뜯어고쳐야만 했다.

인테리어 비용이 많이 드는 것은 물론이고, 전체적으로 모두 뜯어고쳐야 했기에 대공사가 될 게 분명했다.

그렇기에 건물주의 허락을 받아야 하는 것은 당연한 순서이기도 했다.

오랜 정적을 만들 수 없었기에 도진은 결국 어렵게 입을 뗐다.

"천장을 뜯어내고 서까래가 드러나게 해서 천장 높이를 높이려고 하는데 그렇게 되면 좀 대공사가 될 것 같아서요. 괜찮을까요?"

김 회장은 쉽지 않게 말을 꺼낸 도진이 머쓱해질 만큼 흔쾌히 대답을 해 왔다.

-이야, 그거 괜찮은 생각인 것 같구먼. 나뭇결이 드러나면 한옥 자체의 멋도 살고…….

도진의 얘기에 대답하던 김 회장이 문득 생각이 났다는 듯 말을 덧붙였다.

−혹시 인테리어 관련해서 비용이 부족하다 싶으면 말하게. 그 정도는 내 건물이니 투자한다고 생각함세.

생각지도 못한 김 회장의 통 큰 발언에 도진은 깜짝 놀라 되물었다.

"네? 그게 무슨……."

−그러니까, 그냥 나한테 청구하라 이 말일세. 천장을 뜯어낸 다거나 바닥 공사 같은 건물 자체를 수리 보수하는 금액들은 내가 부담하겠네.

천장을 뜯는 것에 대한 허락도 받을 겸 해서 전화를 했던 것인데, 이렇게까지 큰 도움을 받게 될 줄이야.

도진은 알아서 간지러운 곳을 긁어 준 김 회장에게 몇 번 이고 감사의 인사를 건넸다.

그러자 김 회장은 넉살 좋은 웃음을 터트렸다.

−감사할 것까지야. 어차피 내 건물이니, 이것도 일종의 투자 일세. 그렇게 고맙다고 말할 필요 없어.

김 회장의 통은 도진의 생각보다 더욱 컸다.

인테리어에 대한 큰 고민은 김 회장과의 통화 덕분에 한시를 덜었다.

이제 오픈 메뉴를 어떻게 구성해야 할지 고민할 차례였다.

사실 메뉴의 비결은 수도 없이 만들어 뒀기에, 어떻게 구성할지만 정하면 될 일이었다.

자신의 파인다이닝을 오픈하기 위해 수도 없이 고민하고 고민했던 것이 바로 코스 구성이었다.

도진이 가진 자신감의 원천은 고단하기 그지없던 오랜 경험이라고 볼 수 있었다.

프랑스식 최고급 코스 요리 *오트 퀴진(*Haute cuisine).

오트 퀴진이란 모든 과정을 섬세하게 준비하고, 최대한 다채롭게 표현하는 게 관건이었다.

최상의 재료를 사용하여 최고로 세련되고 예술적이며 대담한 요리를 만들어 내는 사람.

그것이 파인다이닝의 셰프였다.

도진 또한 접시에 예술을 담아낸다고 말할 수 있을 만큼 아름답다고 말할 수 있는 프렌치 요리에 빠져 셰프가 되지 않았던가?

한국은 현재 파인다이닝 열풍이었다.

맛, 분위기, 서비스에 지출을 아끼지 않는 인구가 늘었고, 파인다이닝이 유행하기 시작한 요즘.

외국처럼 서너 시간씩 느긋한 식사 시간을 즐길 만큼 여유롭지 못한 국내에서는 간소화된 코스가 인기를 끌었다.

특별함을 느끼기에는 부족하지 않지만, 식사 시간이 너무 길어지지 않도록 오밀조밀 설계한 약식 오트 퀴진.

약식이라고 하면 보통 전채 요리, 메인, 디저트 세 가지의 구성으로 생각하기에 십상이었지만.

도진은 조금 더 다양한 요리로 구성된 퓨전 한식 코스 요리를 준비하고자 했다.

한껏 장을 보고 집으로 돌아온 도진은 마침 거실에 누워 티비를 보고 있던 여동생 도희를 발견하곤 좋은 생각이 난 듯 그녀를 불렀다.

"도희야, 바빠?"

도희는 눈을 흘깃하며 도진을 바라보더니 이내 다시 핸드폰을 보며 대충 대답했다.

"어, 나 바빠. 부르지 마."

"딱 봐도 하나도 안 바빠 보이는데 무슨 소리야."

"바쁘다니까?"

이제는 자신을 쳐다보지도 않은 채 바쁘다고 말하는 도희의 모습에 도진이 한숨을 푹 내쉬며 말했다.

"뭐가 그렇게 바쁜데?"

"나 지금 우리 오빠들 보는 중이란 말이야."

그 말에 도진이 그녀에게 다가가 쭈그려 앉은 뒤 도희가 뚫어져라 쳐다보고 있던 핸드폰 화면을 함께 바라보았다.

"그래 딱 봐도 이 너보다 어린 오빠들 보느라 바빠서 친오빠가 만든 음식은 시식을 못 해 준다 이거지?"

"엥? 무슨 시식?"

"지금부터 가게에서 낼 코스 메뉴 만들어 볼 거야."

"먹을 수 있는 거 맞지?"

자신을 영 미덥지 않다는 눈으로 보는 도희가 퍽 맘에 들지는 않았다.

하지만 어쩌랴.

지금 당장은 좀 더 많은 사람의, 특히 도희처럼, 파인다이닝에 익숙지 않은 이들의 평가가 필요한 시기였다.

'아직 한식 코스 요리는 흔치 않을 시기야.'

도진은 곧장 메뉴에 대한 복기를 시작했다.

코스의 시작은 언제나 아뮤즈 부쉬.

손님들의 입맛을 돋우는 첫 번째 디시이자, 손님들로 하여금 셰프의 실력에 대한 윤곽을 보여 줄 수 있는 접시다.

도진은 먼저 전복을 푹 삶아 냈다.

그러고는 부드럽게 익은 전복의 내장을 제거해 전복 내장 소스인 게우 소스를 만들었다.

동시에, 채소와 고기를 섞은 반죽을 만들더니 간을 보고 다시 전복에 집중했다.

도진이 잘 삶아진 전복을 얇게 포를 뜨기 시작했다.

다만 끝부분까지 완전히 잘라 내지 않게 유의하면서.

'플레이팅도 중요하니까.'

도진은 이미 머릿속으로 완성된 음식을 그려 놓은 상태였다.

그리고 그것을 위해서는 전복을 완전히 다 자르면 안 되는 상황이었다.

전복 손질을 끝낸 도진은 잘라 낸 전복의 안에 채소와 고기를 섞은 반죽을 집어넣고는, 전복 살을 피 삼아 채소들을 감싸 냈다.

끝부분은 미나리의 줄기를 얇게 잘라 낸 다음, 전복 살에 구멍을 뚫어 마치 바느질을 하듯 꿰어 냈다.

그렇게 만들어진 전복은 마치 둥근 만두와 같은 생김새를 취하고 있었다.

도진은 그것을 찜기에 집어넣어 한번 익혀 내곤 접시에 올려 게우 소스와 함께 가니시용 채소들로 장식했다.

'다음은 에피타이저.'

아뮤즈 부쉬를 완성한 도진은 바로 다음 음식을 향해 시선을 옮겼다.

도진이 생각한 에피타이저는 문어였다.

문어를 한번 삶고 다시 구워 내어 색과 식감을 살리고, 옆에는 토마토와 마늘 등을 이용해 만든 소스를 올릴 생각이었다.

'문어가 익는 데는 시간이 걸리니까 남은 시간에는 메인을 준비해 볼까.'

주방은 시간과의 전쟁이다.

음식이 늦게 나오게 된다면 손님들의 만족도가 떨어질 것이 분명했으므로.

도진은 자신에게 주어진 시간을 허투루 쓰지 않기 위해 노력했다.

'메인은 한우를 감태에 싸서 튀긴 크로메스키로.'

크로메스키는 폴란드에서 만든 일종의 크로켓이다.

한식을 메인으로 하는 식당에서 무슨 크로켓이냐 하는 이야기가 나올 수 있지만, 도진이 원하는 것은 전통 한식으로 이루어진 한정식집이 아니었다.

파인다이닝, 그것도 컨템포러리의 형식을 갖춘 음식이라면 전통적인 음식을 현대적인 방식으로 해석해 손님들에게 제공하는 것이 가장 이상적인 방법이었고.

도진의 해석은 크로메스키였을 뿐이다.

'문어까지 완료. 지금부터 서빙 스타트하면 되겠어.'

어느새 문어는 완전히 푹 삶아져 야들한 외견을 보여 주고 있었다.

문어를 다시 굽고, 플레이팅해 내놓는 데에는 시간이 걸릴 것이 분명하니, 지금부터 음식을 내놓기 시작한다면 코스의 로테이션이 깔끔하게 돌아가리라 생각이 들었다.

도진은 자신의 앞에 있는 음식을 식탁에 올려놓으며 입을 열었다.

"음식 나왔습니다!"

"네!"

도진의 말에 서버가 음식을 받아 들고는 재빠르게 발걸음을 놀려 홀로 향한다.

어떤 평가가 흘러나올진 모르겠다.

하지만 정성을 다해 만든 음식인 만큼, 그 안에 담긴 마음만은 전달되었으면 좋겠다는 게 도진의 개인적인 생각이었다.

'정신 차리고, 남은 음식들도 이어서 진행하자.'

아직 코스는 전부 나온 것이 아니다.

남은 것들을 진행하려면 부지런히 몸을 놀려도 부족할 터.

도진은 어서 다음 음식을 위해 발걸음을 옮겼다.

일단 감태로 겉면을 감싼 한우를 전분을 묻혀 기름에 빠뜨렸다.

치이이-.

맛있는 소리와 함께 끓기 시작하는 크로메스키.

완벽한 미디엄 웰던으로 익히는 데까지 걸리는 시간은 약 3분 정도면 충분하다.

도진은 그것을 기다리는 시간에 익히고 있던 문어를 빼

내 접시 위에 플레이팅하고 직접 만든 소스와 함께 플레이팅했다.

그러고는 그것을 식탁에 올려놓고는 빠르게 크로메스키가 있는 곳으로 발걸음을 옮겼다.

삐삐삐-.

미리 설정한 타이머가 울려 대기 시작하고.

크로메스키를 꺼낸 도진은 그것을 한입 크기로 잘라 접시 위에 플레이팅했다.

위에는 오미자, 잣 등을 이용해 만든 소스를 올렸으며, 접시의 빈 곳에는 꽃을 놓아 아름답게 장식했다.

'마지막으로 디저트는 냉장고에 보관 중이니 다른 건 괜찮겠지.'

전복 만두, 문어, 크로메스키, 디저트로 이루어진 것은 도진이 생각한 첫 번째 코스였으나.

확정된 것은 아니었다.

아직 정식 오픈하기 전이고, 준비하는 과정에서 음식의 종류나 조리법이 바뀌는 경우는 비일비재한 일이니.

정식으로 음식이 나오고 그것을 맛보는 과정에선 어떤 음식이 나오게 될지는 도진 자신도 모르는 일이었다.

'주안상이나 주전부리를 생각해서 코스를 다시 구상해도 좋을 것 같고. 아니면 조금 더 친숙하게 코스의 음식들을 접근성이 쉬운 것으로 바꿔도 상관은 없으니까.'

기본적으론 컨템포러리 다이닝의 형태를 갖추고 있는 만큼, 음식의 형태를 고정적으로 생각하고 그것에 한계를 맞추어 음식을 조형할 필요는 없다.

그렇다면 지금보다 다양한 방식으로 음식을 조리해도 상관없지 않을까.

지금보다 나은 음식을 만드는 방법은 얼마든지 있을 거다.

다만 그것에 대한 고민이 아직 부족할 뿐.

하지만 그것은 준비를 준비하는 과정 속에서 차차 생각하면 될 뿐이다.

지금은 이 자리에서 셰프의 실력에 대한 견고함과 앞으로 다이닝을 어떤 식으로 운영할 것인지에 대한 방향성을 보여주면 될 뿐이니까.

'슬슬 홀로 향해 볼까.'

도진은 그렇게 생각하며 천천히 홀을 향해 발걸음을 옮기기 시작했다.

자신의 음식을 먹은 이들이 어떤 표정을 짓고 있을지 기대하면서.

───※───

요리하는 도진을 바라보며 요리사들에 대한 이미지를 미화해 상상하기 시작했다.

'함께 일했던 사람들한테 배운 걸까? 주방에서 같이 막 웃으면서 이것저것 만들어 보면서 레시피 공유도 하고……'

하지만 도진의 짧은 대답은 순식간에 도희의 상상을 처참하게 깨부쉈다.

"유튜브로."

덩달아 도희의 꿈과 희망도 어쩐지 어딘가 부서진 듯했다.

"아, 어. 그렇구나."

짜게 식은 표정으로 대답하는 도희의 얼굴을 본 도진은 속으로 웃음을 터트렸다.

반쯤 장난스럽게 대답하긴 했지만, 유튜브에서 충분히 볼 수 있을 법한 레시피였다.

관심만 있다면 충분히 여러 매체로 다양한 레시피나 잡다한 요리 상식을 쉽게 접할 수 있었다.

다만 매체는 사전의 역할을 할 뿐이지 스승의 역할을 할 수 없다는 명확한 한계가 있었다.

피드백이 불가능하기 때문에 잘못된 습관이 생기는 경우도 더러 있는데도, 유튜브 같은 영상 매체를 몇 번 보고서 눈썰미로 따라 하는 것도 분명한 재능의 영역이라고 생각했다.

물론.

'이건 그렇게 배운 레시피도 아니고, 완전히 내 식대로 바꾼 거지만.'

도진이 만들고 있는 소스의 레시피는 본인만의 방식으로

완벽하게 어레인지되어 있었다.

사실 이번 퓨전 한식 파인다이닝을 준비하면서 도진이 가장 많이 했던 고민은, 과연 국내에서 파인다이닝이 파인다이닝으로서 성공할 수 있는 가능성이 얼마나 될 것인지였다.

파인다이닝에는 종류가 많다.

가장 보편적으로 클래식하게 하나의 정통 장르를 가지고 운영하는 다이닝이 있다.

정통 프렌치나 이태리 등을 주로 운영하며 그곳에서 먹는 음식들을 재해석해 다이닝의 음식으로 승화한 다이닝이다.

반면, 북유럽의 자연을 중심으로 발전한 노르딕 퀴진의 형태가 있다.

이들의 음식은 자연에서 나올 수 있는 모든 것을 이용한 음식으로, 단순한 재료의 폭뿐만 아니라, 일반적으로 먹기 힘든 식재를 이용한 음식들로.

기존에 느끼기 힘든 맛과 풍미, 식감 등을 즐길 수 있다는 특징이 있었다.

그리고 마지막으로 도진이 추구하는 것은 컨템포러리였다.

컨템포러리란 하나의 형태에 얽매이지 않은 음식들로 이루어진 퀴진이었다.

파인다이닝이란 결국 고급스러운 음식을 의미하는 것이었다.

다만, 보편적으로 이루어지고 있는 클래식 다이닝의 경우에는 각각의 맛과 정통이 제대로 이루어지지만, 그만큼 다루기 어려운 부분도 있었다.

하지만 그보다 큰 문제가 있다면 역시 하나의 장르 안에서 만들어지는 음식인 만큼, 어딘가 비슷한 부분을 가지고 있다는 점인데.

컨템포러리는 이러한 형태를 무시하고 세프의 역량으로 새로운 형태를 갖춘 음식을 고객들에게 제공한다.

이러한 컨템포러리의 형태는 미래엔 많은 이들에게 각광을 받게 되고, 다양한 연령과 성별, 국가를 가진 이들에게 감동을 줄 수 있는 특별한 음식으로 자리매김하게 된다.

도진이 원하는 것은 그런 부분이었다.

셰프로서 장르가 정해진 것이 아닌, 한식이라는 베이스를 두고 있으나, 음식들을 다양하게 해석함으로써 손님에게 감동을 줄 수 있는.

단순히 비싼 음식점이 아닌, 손님이 셰프의 생각과 의도를 알고 함께 공감할 수 있는 그런 다이닝 말이다.

쉴 틈 없이 움직이던 도진은 이내 도희의 앞에 하나의 접시를 내려놓았다.

도희가 자신의 앞에 놓인 하나의 접시를 바라보았다.

"이건 뭐야?"

이내 도진이 낮게 답했다.

"아뮤즈 부쉬입니다."

도진이 진중한 표정으로 자신의 앞에 놓인 음식에 대해 설명하기 시작했다.

친분이 있긴 하지만, 이곳에 앉아 있는 한, 그녀는 자신에게 있어 손님이었으므로.

마치 셰프가 손님을 대하듯 진지한 말투를 사용하고 있는 것이었다.

"아뮤즈 부쉬라면 셰프의 선물이라 불리는 그거지?"

"맞습니다. 동시에 앞으로 나올 음식에 대한 이정표 역할을 하기도 합니다. 드시면서 앞으로 어떤 음식이 나올지 생각하신다면 더 재밌고 즐거운 식사가 되리라 생각합니다."

"이정표라……. 그러면 이걸 먹고 앞으로 나오는 음식을 상상해 보면 되는 거야?"

"예, 그렇습니다."

능청스러운 도진의 말에 도희가 웃음을 터트리며 말했다.

"양식 요리 중에 이런 것도 있어?"

"예리한데? 앞으로 나올 메뉴들이 완전 양식은 아니야."

아뮤즈 부쉬 본연의 기능은 앞으로 전개될 코스에 대한 암시.

도진은 아뮤즈로 한식 퓨전 메뉴를 선보였고…….

앞으로 이어질 코스는 한식의 느낌이 나는 메뉴들일 것이라는 뜻이었다.

"신기하다."

도희는 흥미진진한 표정으로 아뮤즈 부쉬를 시식했고, 이내 할 말을 잃은 듯 도진을 올려다보았다.

"와, 대박…… . 오빠 진짜 요리하는구나."

도저히 믿을 수 없다는 표정으로 도희가 감탄을 하며 그릇을 싹싹 비우는 사이.

띵동-.

손님이 찾아왔음을 알리는 벨이 울렸다.

"아, 왔나 보네."

"음? 누가 와? 오늘 누구 올 사람 없지 않아?"

어느새 설거지라도 한 듯 깨끗해진 그릇을 앞에 둔 도희가 의문을 표했다.

"오늘 시식할 사람, 한 명 더 불렀거든."

"누군데?"

"은준이 형."

도희는 도진의 말에 잠시 모든 행동을 멈췄다.

그리고 이내 소리를 지르며 일어나 자신의 방으로 향하며 도진을 향해 소리쳤다.

"그런 건 미리미리 말했어야지!"

도희의 목소리에는 도진을 향한 원망이 가득 담겨 있었다.

반면.

－은준이 형, 오늘 메뉴에 넣을 코스 한번 만들어 볼 건데, 와서 먹어 볼래요?

도진의 전화에 당연히 너무 좋다는 의사를 표현한 성은준은 그가 찍어 준 주소를 확인하고는 도진에게 되물었다.

"어, 도진아. 근데, 여기 주소가 아파트로 나오는데, 맞아?"

－네, 우리 집이에요. 그럼 이따 봐요.

그리하여 갑작스럽게 마음의 준비도 채 하지 못한 성은준은 도진의 집에 첫 방문하게 된 지금.

어떻게 해야 할지 안절부절못한 채 문 앞에서 머뭇거리고 있었다.

'혹시 부모님이 계시면 인사를, 아, 미리 물어보고 올걸. 과일바구니는 너무 문병 선물 같은가. 그냥 음료수를 사 올걸 그랬나?'

문 앞에서 대략 10분가량 안절부절못하기를 잠시.

한참 만에 드디어 벨을 눌렀고, 이내 도진이 나와 그를 반겼다.

"형 왔어요? 오늘 집에 동생밖에 없어요."

"아, 그래? 동생은 어디 있어?"

"형 온다는 거 듣고 옷 갈아입는다고 난리 치러 갔어요."

"오라버니, 제가 언제 난리를 쳤다고 그러세요."

도진이 성은준을 집으로 들이는 사이 어느새 단정한 원피스로 옷을 갈아입은 도희가 성은준을 반겼다.

"안녕하세요, 은준 오빠. 저는 도진 오빠 여동생 김도희라고 합니다!"

"반가워 나는 성은준이고, 지금 도진이랑 같이 파인다이닝 준비하고 있어."

도진은 통성명을 나누는 두 사람을 뒤로한 채 어느새 주방으로 향해 있었고.

금세 성은준의 몫의 아뮤즈 부쉬를 준비해 그를 불렀다.

"형, 빨리 와서 이거 먼저 먹어 봐요."

"이게 뭔데?"

"첫 코스요. 아뮤즈 부쉬."

도착하자마자 정신이 없는 상태로 도진의 부름에 이끌려 아뮤즈 부쉬를 먹은 그는 아무 말도 잇지 못했다.

성은준이 멍한 얼굴로 입안에서 녹아내리듯 사라진 아뮤즈 부쉬의 맛을 복기해 봤다.

먼저 손바닥만 한 크기의 전복은 잘 삶아져 야들한 식감을 자랑했다.

그 위에 있는 게우 소스는 달콤하면서도 전복 본연의 풍미와 향이 잘 살아 있었으며.

씹히면서 안에 있는 완자는 담백하면서도 여러 채소들이 어우러져 재미를 더했다.

'전복을 이런 식으로 이용할 줄이야.'

대개 한식에서 전복을 이용하는 방식은 단조롭다.

그저 잘 삶아 낸 다음, 한입 크기로 잘라 내어 찜이나 국 등에 넣어 먹는 게 일반적인 방법이니까.

어쩌면 틀에 박힌 음식들만 먹었기에 다른 방식은 생각하지 못했던 것일 수도 있다.

그런데 도진은 단조롭다고만 생각했던 식재료에 대해 고민했고, 다른 방식으로 먹는 이에게 즐거움을 주고 있었다.

그것을 먹은 성은준의 눈에는 흥미로움이 가득했다.

이게 아뮤즈 부쉬라고 설명했으니, 앞으로 코스 전개 또한 분명……

"퓨전 한식 코스인 거지? 기대된다."

성은준은 문 앞에서 망설이던 시간이 아까워졌다.

'이럴 줄 알았으면 더 빨리 들어올걸.'

국내에 파인다이닝이라는 개념 자체가 유입된 지 얼마 되지 않은 시점이었다.

현재로서는 서양식 코스 요리가 더 많았기에 아직 파인다이닝에서 한식을……

또는 그와 같은 재료를 사용하는 곳 역시 찾아보기 힘든 게 실정이었다.

천재셰프
회귀하다

그렇기에 도진의 퓨전 한식 요리는 성은준을 설레게 만들기에 충분했다.

"자, 그럼 애피타이저 내 드리겠습니다."

도진이 빈 접시를 회수하고는 미리 준비한 접시를 꺼내 그들의 앞에 내려놓았다.

스윽-.

도진이 내놓은 접시에 다른 이들의 얼굴에는 반가움이 서렸다.

큼지막하게 썰린 문어 다리는 노릇하게 구워져 캐러멜 색을 띠고 있었고, 그 옆으로는 보는 것만으로도 입맛을 돋우는 토소스가 놓여 있었으며.

곁으로는 같이 곁들여 먹을 수 있도록 한입 크기의 빵 또한 준비되어 있었다.

"다음은 문어 요리입니다. 흑산도에서 나온 돌문어의 다리를 자른 다음, 찜기에 넣고 한번 쪄 냈고, 그것을 다시 팬에 넣어 팬프라잉 조리를 했습니다. 옆에 있는 것은 한국인의 입맛에 맞게 마늘과 토마토를 넣어 소스를 만들었습니다."

"같이 곁들여 먹으면 되는 거지?"

"맞습니다. 그리고 남은 소스는 옆에 놓아 드린 빵과 함께 드시면 맛있게 드실 수 있을 겁니다."

"이 빵이 그런 용도였구나. 이해했어."

도진의 말에 성은준과 도희가 이해했다는 양, 고개를 끄덕인다.

그러고는 더는 못 기다리겠다는 듯, 손에 들린 수저를 움직여 음식으로 향했다.

사악-.

오랜 시간을 쪄 낸 문어는 칼을 대기만 해도 잘릴 정도로 극강의 부드러움을 가지고 있었다.

그것을 본 성은준은 살짝 놀란 표정을 짓고는, 이내 입꼬리를 말아 올렸다.

동시에 손을 놀려 소스와 함께 문어를 입에 밀어 넣었다.

부드러운 문어는 한 치의 저항감 없이 씹혀 대기 시작했다.

동시에 쫄깃함을 잃지 않은 모습이 정말 아름답다는 표현이 적절하다는 생각이 들 정도였다.

'소스 진짜 매력적이네.'

도진이 개량한 소스는 정말 대단한 것이었다.

토마토의 새콤함은 물론, 마늘이 익으며 만들어 주는 달콤함.

거기다 약간 추가된 청양고추는 과하지 않게 알싸한 맛이 문어와 찰떡궁합을 이루고 있다.

순식간에 문어를 해치운 성은준은 소스를 빵에 발라 입에 집어넣었다.

'오, 이렇게 먹으니 또 새로운 느낌인데?'

빵과 함께하는 소스는 문어와 있을 때는 또다른 매력을 보여 주었다.

소스를 머금은 빵은 소스들의 맛이 튀지 않게 잡아내면서도 적절하게 맛을 머금고 있었으며, 부드러운 식감은 문어를 먹었을 때와는 또 다른 텍스처를 보여 주며 입안을 즐겁게 하고 있었다.

"다음은 메인 드리겠습니다."

"어, 어."

도진의 말에 다들 아쉽다는 듯 디시에 머물러 있던 눈을 들며 대답했다.

그 모습을 보며 작게 미소를 지은 도진은 빈 접시를 회수하곤 다음 접시를 내밀었다.

"메인 요리인 감태 크로메스키입니다. 감태로 한우를 감싸 튀긴 다음, 한입 크기로 잘라 세팅했습니다. 위에는 서양의 그레이비 소스를 제 나름대로 해석해 올려 드렸습니다. 소스에는 오미자, 잣을 넣어 만들었습니다."

설명을 마친 도진이 접시에서 손을 뗐다.

동시에 성은준과 도희가 크로메스키를 향해 손을 뻗는다.

마치 어미를 기다리는 아기새와 같은 반응에 도진은 그저 입꼬리를 올리며 관전할 뿐이었다.

"와, 이거 진짜 맛있다. 이거 이름이 크로…… 무스키? 맞나?"

"크로메스키입니다. 폴란드식 크로켓이라 생각하시면 편할 것 같습니다."

"바삭한 식감도 식감인데, 안에 있는 감태의 향이 어마어마하고, 고기랑 잘 융합되면서 나오는 퍼포먼스가, 와⋯⋯."

도희가 멍한 표정을 지으며 입을 우물거린다.

반응을 보니, 제법 괜찮게 나온 모양이었다.

도진은 고개를 돌려 성은준을 바라보았다.

그는 이미 자신의 몫을 다 먹고는 소스를 맛보고 있었다.

자신을 보고 있다는 것을 느낀 걸까.

성은준이 헛기침을 내뱉으며 입을 열었다.

"맛있네. 특히 난 소스가 대박인 것 같은데? 자칫 고기를 튀겨 느끼해질 수 있는 맛을 새콤하게 딱 잡아 주면서도 고소하니 맛의 중심을 잘 잡아 주는 느낌이랄까."

"감사합니다."

성은준의 말에 도진의 입꼬리가 한층 더 올라갔다.

맛있다고 평가해 주는 손님의 앞에서 인상을 쓰는 요리사란 존재하지 않는 법이니까.

"마지막으로 디저트 올려 드리겠습니다."

"아, 벌써 디저트야?"

코스의 끝이 다가왔다는 생각 때문일까.

성은준과 도희의 반응은 다음 음식이 나오는 것에 대한 즐거움보다는 아쉬운 눈빛이었다.

하지만 뭐든 시작했다면 끝도 존재하는 법 아니겠는가.

도진은 냉장고에 넣어 둔 디저트를 꺼내 그들에게 내주었다.

"마지막 디저트인 오미자 과편과 곶감 아이스크림, 다식입니다. 음료로는 수정과 준비해 드렸습니다."

디저트를 본 성은준과 도희의 표정에 화색이 돌았다.

형형색색 아름다운 디저트의 모습을 보니 이제 식사의 마지막이라는 아쉬움도 눈 녹듯이 사그라진 듯한 모습이었다.

"오미자 과편을 시작으로 곶감, 다식 순으로 음식을 맛보시면 됩니다."

도진의 안내에 따라, 그들이 하나둘 디저트를 맛보기 시작한다.

오미자 과편은 쫀득하니 양갱과 비슷한 식감을 가지고 있었는데, 달콤하면서도 오미자 특유의 향이 입안을 기분 좋게 감돌고 있었다.

곶감 아이스크림은 아이스크림이 곶감 중앙에 끼어 있는 모양새였는데, 함께 먹으니 달콤함이 배가되어 입을 즐겁게 했다.

마지막으로 다식은 송화가루로 만든 다식이었는데, 고소하면서 약간의 달콤함이 남아 있었다.

같이 먹는 수정과 역시 맛있었다.

과하지 않은 달콤함과 함께, 수정과 특유의 계피향이 코끝을 기분 좋게 자극하며 식사의 끝을 알리고 있었다.

도희는 자신이 할 수 있는 최대치의 표현으로 도진의 음식을 칭찬했다.

"달콤하고 맛있다. 오빠, 진짜 셰프님 같아."

성은준은 연거푸 극찬을 늘어놓았다.

"이 정도면 정말 미세하게 간소화된 퀴진의 느낌인데, 구성이 너무 탄탄하다. 담백한 삼치 이후에 전개된 늑진한 육류 메뉴, 연달아 입안을 환기시켜 주는 달콤한 디저트까지."

만약 파인다이닝에서 이런 코스를 맛보았더라면?

"값을 지불하지 못한다는 게 너무 한스럽다. 영업 중인 파인다이닝에서 이런 코스를 선보였더라면 무조건 재방을 했을 것 같아."

성은준은 자신이 할 수 있는 최고의 극찬을 하며 수저를 내려놓았다.

타닥-.

만족스럽게 식사를 한 듯한 두 사람의 모습에 도진이 기분 좋게 대답했다.

"다행이네요. 그럼 첫 오픈 코스 구성은 이렇게 가도 되겠죠?"

"응, 완전. 근데 전부터 궁금했는데, 이렇게 한식의 느낌을 물씬 살린 코스를 만들어야겠다고 마음먹은 이유가 있어?"

천재셰프
회귀하다

성은준이 입안에 남아 있는 듯한 요리의 맛을 되새기며 물었다.

그에 도진의 입에서는 마치 질문을 예상한 사람처럼 빠르게 대답이 나왔다.

"오트 퀴진, 그러니까 코스 요리라고 말하면 보통 서양 요리를 떠올리게 되는데, 최근 국내에 파인다이닝 문화가 많이 들어오고 있는 만큼······."

도진이 잠시 숨을 고르는 말을 이었다.

"누구나 익숙한 맛을 조금씩 더해 익숙하지 않은 것에 대한 거부감을 낮추고, 조금 더 쉽게 다가갈 수 있도록 동서양의 조화를 이루어 보고 싶었어요."

성은준은 그의 말에 더 이상의 말을 덧붙이지 않았다.

아니, 더 이상의 말은 필요 없었다는 게 맞았다.

그도 그럴 것이.

도진의 코스는 완벽했다.

파인다이닝, 김도진

방송 촬영을 했던 것이 시간이 좀 지나 그 열기가 조금 줄어들었다 하지만…….

여전히 자신을 알아보는 몇몇 이들에게 도진은 멋쩍게 인사를 하며 빠르게 발걸음을 옮겼다.

서바이벌 국민셰프나 청춘 셰프, 냉장고를 보여 줘 등이 재방송으로 가끔 송출되곤 했기에 도진을 알아보는 이들이 분명했다.

이미 지난 몇 번의 방송 출연이 화제가 되며 조금은 익숙해졌다고 생각했지만.

역시 모르는 이들이 자신을 알아본다는 것에 도진은 어색한 마음을 감출 수 없었다.

혹시나 또 누가 알아볼까 싶은 마음에 고개를 두리번거리며 목적지에 도착한 도진은 시간을 확인했다.

'다섯 시 반이니까, 아직 넉넉하네.'

그리고 이내, 고개를 들어 눈앞의 건물을 바라보았다.

'몇 번을 드나들게 되는 건지.'

도진은 눈앞의 건물이 너무나도 익숙했다.

건물 꼭대기에 큼직하게 달린 방송국의 로고.

'KTBN.'

이곳은 바로 지난해.

도진이 '서바이벌 국민셰프'를 촬영할 당시, 문지방이 닳도록 드나들었던 곳이었다.

마지막으로 방문했던 것이 '냉장고를 보여 줘' 촬영을 위해서였기 때문에 그리 오랜 시간이 지나지 않아 다시금 이곳을 찾았던 도진은 익숙하게 1층의 카페로 향했다.

그리고 메뉴를 힐끗 살피고 주문을 했다.

"사장님, 아이스 아메리카노 한 잔이랑 아이스 바닐라 라떼 한 잔 주세요."

"네, 9,500원입니다."

도진은 결제 후 자리를 잡고 앉아 이번 다큐의 반응을 살피기 시작했다.

'생각보다 더 많이들 관심을 가져 주다니, 다행인데.'

인터넷 포털의 기사는 물론이고 개인 블로그나 SNS에서도 도진과 그의 파인다이닝에 관해 궁금해하는 이들이 많았다.

예상했던 것처럼, 성은준에 관한 이야기도 종종 보였다.

—[NEW]근데 성은준이 왜 여기서 나와?
—[NEW]이번에 김도진 한식 퓨전 파인다이닝 오픈한다는 거 성은준도 같이하냐?
—[NEW]성은준 가든파티에서 나온 이유 아는 사람?

많은 이들이 성은준이 도진의 파인다이닝에 어떻게 합류한 것인지에 대해 궁금해했다.

'궁금할 만도 하지. 언젠가 밝힐 수 있는 기회가 오면 좋을 텐데.'

커피가 나오길 기다리며 오랜만에 여유를 즐기던 도진은 순간.

"도진아."

자신을 부르는 목소리에 소스라치게 놀라 뒤를 돌아보았다.

그의 뒤에는 김우진이 커피 두 잔이 올려진 쟁반을 들고 있었다.

"아, 형, 무슨 소리 소문도 없이 와요?"

지난번 '아틀리에'에서 김우진이 인턴으로 왔다가 가고 난 뒤에도 꾸준히 연락을 주고받은 두 사람은 어느새 서로 형, 동생이라고 지칭할 정도로 편해진 사이였다.

깜짝 놀랐다며 한숨을 내뱉는 도진의 모습에 김우진이 말했다.

"네가 너무 집중하고 있었던 건 아니고? 커피도 나온 지 좀 된 것 같던데."

"아, 그래요? 그건 몰랐네."

그의 말에 도진이 머쓱하다는 듯 웃음을 흘리며 급히 주제를 돌렸다.

"그래서 형 여기까지는 왜 부른 거예요?"

도진의 질문에 김우진이 자리에 앉으며 말했다.

"아니, 너네, 혹시 오픈 전에 시식회 할 생각 없어?"

"시식회요? 그건 갑자기 왜……."

김우진의 말에 도진은 놀랄 수밖에 없었다.

시식회를 하는 것은 생각해 보지 않은 것은 아니었지만, 누굴 얼마나 초대해야 할지는 물론이고 금전적으로도 부담이 될 것 같아 고민이었던 도진은 그냥 가장 큰 투자를 해 주었던 김 회장에게만 식사를 대접할 요량이었다.

혹시나 자신의 생각을 알기라도 한 것처럼 김우진이 대답했다.

"금전적인 부분이 조금 부담스러울 수는 있겠지만, 그래도 오픈 전에 시식회를 하면 호평 속에서 사람들의 관심을 더 많이 끌 수 있을 것 아냐."

하지만 그렇게 말하는 김우진의 속셈을 도진이 모를 리가 없었다.

"형, 사실 저희 가게 와 보고 싶은데 예약 힘들 것 같아서 수작 부리는 거죠."

"아, 들켰네."

이제껏 무덤덤한 표정으로 도진을 바라보며 말하던 김우진의 얼굴이 순식간에 무장해제가 되었다.

얼굴 가득 장난기와 웃음을 머금은 김우진이 말을 덧붙였다.

"사실 그것도 맞긴 한데, 가장 큰 이유는 모시고 가고 싶은 분이 있어서 그래."

"네? 모셔 오고 싶은 분이라니, 형이 그런 분이 계세요?"

"내가 진짜 좋아하는 셰프님인데, 이번에 한국에 들어오신다고 하더라고. 그래서, 퓨전 한식에 익숙한 파인다이닝 코스로 식사 대접하면 너무 좋을 것 같아서."

"그럼 형이 지원해 줄 거예요?"

"반 정도는 부담할게. 그리고 내가 칼럼 올려 주면 너도 좋을 거 아냐."

생각지도 못한 제안에 도진은 순식간의 머릿속에서 모든 계산을 끝마쳤다.

안 그래도 홍보는 어떻게 해야 할지 고민이었는데, 이렇게 되면 맛에 대한 부분은 확실히 입소문을 낼 수 있을 터였다.

도진은 김우진을 향해 허리를 살짝 숙이며 악수를 하기 위해 그에게로 손을 쭉 뻗었다.

"잘 부탁드립니다, 형님!"

그 모습에 김우진이 웃음을 터트리며 도진의 손을 맞잡으며 말했다.

"저야말로 잘 부탁드립니다, 아우님."

단단하게 맞잡은 두 손에서 두 사람의 의견 일치가 느껴지는 순간이었다.

그로부터 며칠이 지났을까.

시간은 빠르게 흘러 김우진과 약속한 오픈 전 시식회 당일.

약속이라도 한 듯 시간이 되자 사람들이 조금씩 모여들기 시작했고, 한둘씩 자리를 잡고 앉기 시작했다.

익숙한 얼굴들이 많았다.

도진과 함께 일을 했던 이들도 있었고, 성은준의 지인들은 물론 지금껏 방송을 하며 알게 된 이들도 다수가 초대되었다.

자리에 앉은 손님들을 본 도진과 직원들이 발빠르게 발걸음을 옮긴다.

그러고는 손님들의 자리에 접시를 하나 세팅하기 시작했다.

"이게 뭔가요?"

그것을 본 손님들의 머리에는 의문이 떠올랐다.

주문받지 않은 상황에서 음식이 나온 셈이니 그들의 입장에선 의구심이 드는 것은 당연한 상황.

직원들은 그런 이들에게 부드러운 어조로 입을 열었다.

"여러분을 위해 셰프께서 준비하신 웰컴 디시입니다."

"웰컴 디시요? 저흰 이런 거 주문한 적이 없는데……."

"아, 괜찮습니다. 따로 주문을 받아 음식을 만들어 드리는 것이 아닌, 셰프께서 이곳에 오신 분들께 감사의 마음을 담아 드리는 요리니까요. 편히 즐겨 주시고 주문해 주시면 감사할 것 같습니다."

공짜라는 말에 손님들의 면면에 미소가 번진다.

시식회란 결국, 손님들에게 식당을 소개하는 자리다.

동시에 셰프를 소개하는 자리이기도 했고.

이곳에 있는 사람들 중 몇몇은 다시 오지 않을 손님이기도 했지만, 반대로 말하면 앞으로 단골이 될 손님이 있을 수도 있는 자리인 셈.

그런 이들을 끌어들이고 단골로 만들기 위해서 필요한 것은 어필.

손님을 향한 셰프의 마음이 적지 않다는 것에 대한 어필.

그리고 저급한 싸구려 맛을 만들어 내는 것이 아닌, 손님들의 마음을 휘어잡을 음식을 만들 수 있는 셰프임을 보여주는 어필.

이 웰컴 디시는 그것을 위한 하나의 마케팅 수단인 셈이었다.

"웰컴 디시 반응은 어떻습니까?"

"좋아요. 다들 기대에 찬 표정이고요."

이야기를 들은 도진의 입가에 미소가 만개한다.

웰컴 디시는 주문에 포함되지 않은 음식인 만큼, 나름 손해를 감수하고 내놓은 음식이었다.

어떻게 보면 투자와 도박 사이에 끼어 있는 존재였으나.

나름 도진의 전략이 괜찮게 먹히고 있는 모양이었다.

그리고.

"아, 혹시 회장님이랑 김우진 씨는 아직 안 왔죠?"

"네, 회장님은 2시 예약이시고, 김우진님은 2시 30분으로 예약하셨어요."

"알겠습니다."

오늘의 주인공은 사실상 가장 큰 투자자였던 김 회장과, 김우진이 데리고 오고 싶다고 했던 외국에서 온 셰프였다.

그중에서도 도진을 이렇게 기다리게 만든 것은 다름 아닌 김우진의 손님이었다.

도대체 김우진이 이렇게나 부탁할 정도의 셰프가 누구일지 너무나도 궁금했다.

　그렇기에 주방에서 요리를 하면서도 힐끔거리며 사람들의 반응을 살피기 위해 홀을 향해 목을 빼곤 했다.

　'도대체 언제 오려나.'

　하지만 도진이 기다리는 손님들은 영 눈에 보이지 않았다.

　성은준은 그런 도진에게 물었다.

　"혹시 기다리는 사람이라도 있어?"

　"네, 그런데 영 안 보이네요."

　성은준은 도대체 '누구길래?' 하면서 말한 홀을 둘러보았고, 전혀 예상하지 못한 인물이 가게에 앉아 있는 것을 알 수 있었다.

　"저 사람이 여기에 왜 있지?"

　성은준이 본 것은 다름 아닌 이름난 미식 잡지의 본부장으로 유명한 김재혁 상무이사였다.

　일전에 김 회장에 대한 기사를 썼던 김재혁은 그 이후 종종 그와의 친분을 다질 수 있었다.

　그 덕이었을까.

-자네 혹시 이날 시간 좀 있나? 그럼 여기 한번 와 보게나.

소수 인원의 인물들만 초대해 진행되는 시식회였기에 많은 이들이 기대를 접었던 도진의 파인다이닝 시식회에 대한 초대권을 우연치 않게 접할 수 있었다.

하지만 그의 반응은 떨떠름했다.

'좋은 기사 좀 써서 홍보 좀 해 달라는 뜻이겠지.'

그런 생각에 김재혁은 모두가 궁금해했던 이 초대가 마냥 달갑지만은 않았다.

많은 이들이 도진에 대한 편견을 걷어 냈다고 하더라도 여전히 그런 편견을 가진 이들이 아직은 남아 있었고, 김재혁도 그런 이들 중 한 명이었기 때문이다.

그럼에도 불구하고 이미 초대되었고, 예약까지 마쳤기 때문에 김재혁은 약속 시간에 맞춰 안내받았던 주소로 향했다.

그리고 이내 도착한 도진의 파인다이닝 앞.

한옥의 느낌을 그대로 살린 분위기.

'겉보기에는 괜찮은데, 속은 어떨지 모르지.'

김재혁은 도진이 메뉴 개발을 하는 것만으로도 정신이 없으리라 예상했다.

말이 메뉴 개발이지, 직접 판매하게 될 메뉴들은 그저 레시피만 만들어 내면 다가 아니었다.

'예능 프로그램이나 요리 대회에서처럼 그냥 맛만 좋으면 다가 아니라고.'

만들어 낸 레시피가 이 파인다이닝에서 판매하기에 적당한지 확인해야 하는 것은 물론이고, 메뉴의 가격을 정하기 위해 코스트를 계산하는 것부터 원활한 재료 수급을 위해 좋은 거래처를 찾고 직원들을 교육하는 것까지.

메뉴든 인테리어든 직원들의 서비스든, 무엇 하나는 한참 부족할 게 분명했다.

김재혁은 조금 걱정되는 마음으로 발걸음을 옮겼다.

'아, 이거 초대받은 거라서 솔직하게 쓸 수도 없는 노릇이고. 어떡하냐, 나.'

귀찮다는 표정을 숨기지 않은 채 휘적휘적 가게 안으로 들어선 김재혁은 짧은 복도 끝, 예약자 명단을 확인하기 위해 미리 대기하고 있던 총괄 서버와 마주쳤다.

"예약자분 성함요?"

"김재혁입니다."

"이쪽으로 따라오시면 됩니다."

간단한 질의응답을 끝으로 총괄 서버의 안내를 따라간 김재혁은 작게 탄식했다.

밖에서 보았을 때는 조금 낡은, 그저 관리를 잘한 한옥 같았으나.

안으로 들어와 보니 느낌이 전혀 달랐다.

'생각보다 꽤 괜찮은데?'

내부는 깔끔하고 모던한 인테리어 속에서 한옥 특유의 분위기를 살린 격자무늬 창이라든지 천장에 남아 있는 서까래 등은 나이가 지긋했던 김재혁의 어린 시절 향수를 불러일으키기엔 충분했다.

인테리어에 관한 것은 전혀 기대도 생각도 하지 않았기에 그 감상은 더욱 크게 다가온 듯 김재혁은 한참 동안 내부를 둘러보았다.

총괄 서버는 마치 그런 반응을 예상이라도 한 듯 잠시 앞서가던 발걸음을 멈추고 기다리다 적당히 시간이 흐르자 그를 다시 자리로 이끌었다.

"이쪽으로 오시면 됩니다."

총괄 서버의 목소리에 정신을 차린 김재혁이 머쓱한 듯 괜히 '크흠-.' 하며 목을 가다듬고 그가 안내한 자리에 앉았다.

"주문하실 메뉴 결정하시고 종을 흔들어 주시면 담당 서버가 안내 도와드리도록 하겠습니다."

그 말에 김재혁이 고개를 끄덕이자 총괄 서버는 이내 자신의 자리로 돌아갔다.

깔끔한 안내.

김재혁은 어쩐지 조금 기대가 되기 시작했다.

김재혁은 곧장 종을 울려 서버를 찾았다.

그러자 홀 서버는 마치 대기라도 하고 있었던 것처럼 그의 테이블로 찾아와 물었다.

"주문은 결정하셨나요?"

"네, 메인은 양으로 하고 디저트는 이 장으로 부탁드립니다. 그리고……."

그는 머뭇거리다 한 가지를 더 물었다.

"혹시 이 가격이 실제로 판매되는 금액이 맞습니까?"

서버는 그 물음에 빙긋 웃으며 대답했다.

"네, 맞습니다. 받으신 메뉴판은 저희가 실제 영업을 위해 준비한 메뉴로 런치는 해당 금액으로 판매될 예정입니다."

"아니, 이게 어떻게 가능한 거죠?"

"김도진 셰프님께서 이 가게의 오픈을 준비할 당시 어떻게 하면 많은 분이 이 낯선 메뉴를 좀 더 쉽게 받아들일 수 있을까 고민을 참 많이 하셨습니다만."

서버는 곧장 말을 이었다.

"아무래도 가격 측면에서 부담을 더는 것이 가장 좋을 것 같다는 결론이 나서요. 최대한의 원재료 비용을 줄이기 위해서 농장 등의 직거래 계약을 체결해서 좀 더 좋은 가격으로 고객님들을 모실 수 있게 되었답니다."

김재혁은 그 대답을 듣고는 놀랄 수밖에 없었다.

'이렇게까지 진심이라니 정말 대단한데.'

그저 소꿉놀이 정도로 생각했는데, 생각보다 더욱더 본격적이었고, 진심이 가득 담겨 있었다.

서버는 잠시 아무 말이 없는 김재혁을 기다리다가 그에게 물었다.

"혹시 더 궁금하신 점 있으신가요?"

그 물음에 김재혁은 메뉴판을 처음 받아 든 순간부터 눈에 밟히던 것을 서버에게 물었다.

"이 전통주 페어링은 뭡니까?"

"메뉴 자체가 퓨전 한식이다 보니 한식과 잘 어울리는 전통주를 셀렉하여 페어링해 드리고 있습니다."

그의 말에 대답한 홀 서버는 물 흐르듯 자연스럽게 한마디를 덧붙이고는 자리를 떠났다.

"물론 뒤쪽에는 와인 리스트도 있으니, 편하게 보시고 궁금한 점이나 필요한 게 있으시면 불러 주세요."

서버가 떠난 뒤 김재혁은 천천히 음료 리스트를 둘러보았다.

전통주는 페어링뿐만 아니라 한 병씩도 주문할 수 있었고 서버의 말대로 와인 리스트도 준비되어 있었다.

이제 막 시작한 파인다이닝이었기에 와인 리스트는 그리 많지 않았지만, 다양한 전통주 리스트와 함께 와인 리스트도 충분히 알짜배기였다.

'이 정도 리스트면 생각보다 훌륭한데? 김 회장 인맥으로 구한 건가?'

조심스레 감탄한 김재혁은 옆에 놓인 종을 흔들었고, 이내 지켜보고 있던 홀 서버가 그에게 다가와 물었다.

"필요하신 게 있으신가요?"

"저, 이 전통주 페어링할 수 있습니까?"

"네, 물론이죠. 메뉴판은 치워 드려도 괜찮을까요?"

"여기 있습니다."

그는 서버에게 메뉴판을 넘긴 뒤 생각했다.

'전통주 페어링 다섯 잔에 6만 원이면 나쁘지 않은 가격이지.'

지금껏 다녀 봤던 파인다이닝 중에서 전통주를 페어링해 주는 곳은 없었기에 김재혁은 자신도 모르게 입맛을 다시며 기대감을 부풀렸다.

그러는 사이.

어느새 다가온 홀 서버가 그의 앞에 접시를 내려놓으며 말했다.

"아뮤즈 준비해 드리겠습니다. 제주 갈치로 만든 감태롤과 훈제 장어로 만든 타르트, 캐비어를 곁들인 호박꽃 편입니다. 소개해 드린 순서대로 드시면 됩니다."

손짓을 곁들여 음식을 설명한 서버는 잠시 자리를 비우더니 투명한 잔과 함께 전통주 페어링의 첫 잔을 가져왔다.

"박홍선 명인의 솔송주입니다. 솔잎과 송순이 들어가 향기가 좋은 청주입니다."

김재혁은 술을 소개하며 잔에 따라 주는 서버의 손끝을 홀린 듯 지켜보았다.

바닥 부분이 좁은 세모꼴의 잔에 술이 차오를수록 술잔 밑의 그림자가 투명하게 넘실거렸다.

그 모습에 김재혁은 그제야 술잔이 그저 매끈한 모양이 아닌 모양이 새겨져 있는 것을 알 수 있었다.

어쩐지 익숙한 모양새에 그는 조그맣게 피어나는 호기심을 견디지 못하고 물었다.

"잔이 참 예쁜데, 혹시 이 잔을 만든 분이 김영주 씨가 맞습니까?"

그 물음에 서버가 놀란 듯 되물었다.

"어떻게 아셨나요?"

"어쩐지 익숙하더라니……. 이전에 인터뷰했었거든요. 앞으로 나오는 술도 다 같은 잔인가요?"

"아니요. 각 술의 특성을 고려해서 각 잔을 고르기 때문에 페어링 되는 술에 따라 잔이 모두 다릅니다. 술에 어울리는 젊은 장인분들의 잔을 고르기 위해 셰프께서 꽤 고생하셨답니다."

서버의 말에 김재혁은 놀랄 수밖에 없었다.

도진을 어리게만 생각한 그는 그저 조금 흔치 않은 메뉴의 코스 요리를 내는 식당 정도로 생각했다.

하지만 현재까지 그가 보아 온 도진의 파인다이닝은 생각보다 본격적인 파인다이닝의 모습을 하고 있었다.

그 사실이 퍽 놀라웠다.

'과연 이런 식기류 하나하나에도 의미를 담아 둘 줄이야. 생각지도 못했는걸.'

자신이 도진을 너무 얕잡아 본 것 같다는 생각에 민망해진 그는 머쓱해진 표정으로 식사를 시작했다.

그리고 첫 아뮤즈인 감태 롤을 입안에 넣은 그 순간.

아직 놀라기는 이르다는 것을 본능적으로 깨달았다.

주방은 그야말로 아비규환이 따로 없었다.

시식회는 대부분 일괄적으로 진행되기 때문에 많은 이들의 주문이 한꺼번에 몰리기 십상이었다.

"2번에 아뮤즈 접시 곧 돌아옵니다! 다음 코스 준비해 주세요!"

"5번 메인 들어가도 될 것 같습니다!"

"9번 메인 양은 미듐이고 소는 미듐 레어요!"

서버들은 정신없이 홀의 정보를 주방에 전달했고, 주방은 쌓이는 정보들에 정신없이 주문을 쳐 내고 있었다.

모두가 바쁘게 움직이는 와중에도 도진은 어쩐지 여유로워 보이는 손놀림으로 마지막 마무리를 하고 있었고.

성은준은 그 곁에서 주방 인원들을 통솔하며 도진이 좀 더 빠르게 플레이팅을 하기 위한 재료들을 준비했다.

도진은 아뮤즈 다음으로 나갈 메뉴를 준비하기 위해 투명하고 오목한 그릇을 꺼내 들고는, 가운데에 유자를 섞어 만든 고추장 소스를 한 스푼 투박하게 덜어 냈다.

그리고 적당한 두께에 검지만 한 큼직한 크기로 슬라이스되어 있는 민어를 핀셋으로 집어 올렸다.

'민어 상태가 너무 좋은데?'

도톰하게 살이 오른 민어는 딱 보기에도 윤기가 흐르고 있었다.

도진은 핀셋으로 집어 올린 끝부분을 안쪽으로 동그랗게 말아 소스 위에 얹고는 잘게 갈아 둔 참깨를 위에 흩뿌린 뒤, 삶은 여린 호박잎을 가장자리에 올리고는 서버 쪽으로 밀며 말했다.

"6번 테이블 생선회 나왔습니다."

"넵, 갑니다!"

서버는 도진의 말이 끝나기 무섭게 접시를 들고는 홀로 향했다.

도진은 그 뒤로도 계속해서 끊이지 않고 마무리를 기다리

는 요리들을 차례대로 처리해 나갔고, 서버들은 그가 플레이
팅을 마치자마자 홀로 음식을 내갔다.

화구 앞에 선 쿡(cook)들도 자신이 맡은 요리를 쉴 틈 없이
요리했다.

모두가 정신없이 움직이는 와중에도 합이 척척 맞아떨어
지는 모습은 마치 잘 맞물린 톱니바퀴가 속도를 높여 돌아가
고 있는 듯한 모양새였다.

지금, 이 순간.

주방에서는 뜨거운 열기만이 흐르고 있었다.

어느덧 메인이었던 양갈비 스테이크를 지나 식사 메뉴의
차례가 되었다.

김재혁은 자신을 거쳐 간 접시들을 떠올리며 서버가 가져
온 접시에서 시선을 떼지 못했다.

"식사 메뉴 올려 드리겠습니다."

도진이 식탁에 새로운 음식들을 올려놓았다.

그가 이번에 준비한 것은 전복을 넣어 만든 오골계 삼계탕
이었다.

특이하게도 이번에 놓은 오골계 삼계탕은 주전자에 담겨
있었는데, 같이 곁들일 소면이 담긴 접시도 포함이었다.

"이번에 드릴 것은 오골계 삼계탕입니다. 전복, 대추 등을 넣어 8시간 이상 푹 삶아 내었습니다. 처음에는 컵에 따라 육수를 음미해 보시고, 다음은 뚜껑을 열어 고기를 드시고. 마지막으로 소면에 육수를 부어 드시면 됩니다."

"감사합니다."

도진의 말에 가볍게 고개를 끄덕인 김재혁이 안내에 따라 컵에 육수를 부었다.

그러고는 그것을 망설임 없이 입에 집어넣었다.

'시원하다. 그리고 달아.'

오골계 삼계탕은 무척 신기한 맛이었다.

기본적으로 닭의 뼈와 살에서 빠져나오는 깊은 감칠맛은 물론, 대추, 전복 등 보양식에 들어갈 법한 식재를 넣어 만들어지는 개운한 국물은 그야말로 주안상에 어울리는 것이었다.

단순히 그 정도였다면 잘 만든 삼계탕이구나 하고 넘어갔겠지만, 진짜 묘미는 그 이후였다.

도대체 얼마나 좋은 식재를 이용해 음식을 만들었는지, 시원함 다음으로 느껴지는 알 수 없는 달콤함은 먹는 사람으로 하여금 기분을 좋게 만들고 있었다.

'대단하군.'

가끔, 비싼 돈을 내었음에도 그 값을 제대로 하지 못하는 경우가 많았다.

아니, 오히려 낸 금액에 한참 떨어지는 퀄리티에 돈을 허공에 버렸다고 생각한 적이 얼마나 많았던가.

그런데 지금 자신이 먹고 있는 음식을 보고 있노라면 그런 생각이 전부 사라지는 느낌이었다.

마치 자신에게 그것보라는 양 말하는 것처럼.

'코스의 완성도 자체도 훌륭하고.'

음식을 먹을 때만큼은 그 누구에게도 지지 않을 정도로 깐깐한 눈과 경계를 가지고 있는 김재혁이었다.

때문에 이번에 온 식당도 자신을 만족시킬 수 없으리라 생각했다.

그런데 아니었다.

전체적인 코스는 자신의 입을 만족시키고 있었다.

드디어 맛있는 것을 먹을 수 있는 거냐며, 오래 잠들어 있던 미각 세포들이 깨어나는 기분.

지금까지 수많은 다이닝들을 다녀왔지만, 이러한 자극을 주는 곳이 또 있었던가.

공간이 주는 분위기 또한 대단하다.

한옥을 모티프로 만든 공간부터, 전통적인 접시들을 이용한 감각적인 플레이트까지.

아무리 맛있는 것이라 하더라도 길거리에서 먹는 것과 모던한 다이닝에서 먹는 것이 다르듯, 공간이 내뿜는 분위기는 김재혁으로 하여금 음식을 먹는 즐거움을 배가시키고 있었다.

"마지막 디저트 올려 드리겠습니다."

그리고 가장 마지막 코스, 디저트가 상에 올랐다.

디저트로 나온 참외 아이스크림은 순식간에 사라졌다.

시원한 맛과 함께, 아이스크림에는 멜론으로 만든 구슬들이 올라가 있었고, 그 위에는 곁들여 먹을 수 있도록 오미자시럽이 뿌려져 있었다.

기본적으로 맛을 어떻게 조합해야 최고의 맛을 만들 수 있는지 알고 있는 세프다.

시원하고 슴슴한 참외의 맛에 오미자가 더해져 부족한 맛과 풍미를 더했고, 옆에 있는 멜론 구슬로 하여금 텍스처나달콤함을 더해 주고 있었다.

서로가 서로의 부족함을 잘 보완하면서 하나의 음식으로 승화시킨 음식이었다.

함께 곁들인 마지막 페어링 전통주 또한 달콤하니 디저트와 더할 나위 없이 잘 어울렸다.

그릇을 모두 비운 김재혁은 만족스러운 표정을 지으며 자신의 입맛을 다셨다.

어쩐지, 맛있게 먹었으면서도 아쉬움을 주는 접시라는 생각을 하면서.

마지막으로 나온 다과와 커피를 곁들이는 김재혁의 얼굴에는 만족스러운 미소가 떠올랐다.

과연, 이런 음식을 내가 다른 곳에서도 먹을 수 있을까.'

아니, 없을 거다.

있다 하더라도 얼간이들의 흉내내기에 불과하겠지.

그렇게 생각한 김재혁은 픽, 웃으면서 홀 서버를 불러 물었다.

"혹시 셰프님을 좀 뵐 수 있나요?"

"셰프, 손님이 부르십니다."

"무슨 일입니까?"

"그것까지는 잘 모르겠습니다."

도진이 고개를 갸웃거렸다.

손님이 셰프를 부르는 경우는 극히 적다.

음식의 맛이 형편없다며 대놓고 면박을 줄 때.

아니면 환상적인 셰프의 음식에 감탄하며 칭찬을 줄 때.

어느 쪽인지는 알 수 없는 노릇이었으나.

손님의 부름을 무시할 수는 없는 노릇이다.

그렇게 자리에서 일어난 도진이 홀로 향했다.

홀 매니저가 말한 손님에게 다가간 도진이 입을 열었다.

"안녕하십니다. 셰프 김도진입니다. 부르셨다고 들었습니다."

"아, 셰프, 안녕하십니까."

김재혁이 빙긋 웃으며 입을 열었다.

"다름이 아니라 음식들이 정말 맛있어서 불렀습니다. 제 나름대로 정말 많은 다이닝을 다녀왔다 생각했는데, 이곳에 온 순간 헙 소리가 절로 나더군요."

"감사합니다."

도진이 가볍게 고개를 숙여 감사 인사를 전했다.

하지만 손님의 용건은 거기서 끝이 아닌 모양이었다.

"그래서 말인데, 혹시 부탁 하나 드려도 되겠습니까?"

"네? 어떤……?"

김재혁은 당황한 얼굴의 도진에게 망설임 없이 말을 꺼냈다.

"이곳에 관해 기사를 쓰고 싶은데, 혹시 인터뷰를 요청드려도 괜찮겠습니까?"

그의 말에 도진은 긴장했던 마음을 풀어 내려놓았으나, 되레 놀란 것은 도진이 걱정되어 잠시 따라 나와 상황을 살피던 성은준이었다.

"에? 인터뷰요?"

밤 10시. 드디어 모든 서비스를 마친 시간이었다.

내내 주방에만 있다가 저녁이 되고서야 느지막이 홀로 나올 수 있게 된 성은준은 식사를 마치고 떠나는 손님을 배웅하느라 정신이 없었다.

"식사는 괜찮으셨습니까?"

"어머, 너무 좋았어요."

"정말로요. 저 이 메뉴 명함 다 챙겼어요!"

"하하, 감사합니다. 밤길 어두우니 조심히 들어가세요."

만족스러운 식사를 한 듯 웃음기 가득한 얼굴로 떠나는 마지막 손님의 뒷모습을 한참 바라보던 성은준은 곧장 주방으로 향했다.

"도진아, 오늘 진짜 너무 고생 많았다. 기분이 어때? 할 만해?"

성은준은 잔뜩 들뜬 듯한 얼굴로 질문을 쏟아 냈다.

그래도 명색에 오너셰프로서는 선배라고, 경험자로서 의젓하게 묻고 싶은 듯했으나 그의 얼굴은 신이 난 어린아이 같았다.

도진이 그런 그에게 타이르듯 말했다.

"은준이 형, 하나씩 물어보세요."

"이 메뉴 명함은 반응이 너무 좋던데, 메뉴 바뀌어도 그렇게 할 예정이야?"

"좀 고민 중이긴 한데, 글쎄요."

성은준은 의젓하게 대답하는 도진을 보며 흐뭇한 표정을

지었다.

그의 기분을 이렇게 들뜨게 만든 것은 식사를 마치고 떠나는 손님들의 덕담은 물론이고, 식사를 하고 간 지인들의 호평 덕이 분명했다.

많은 이들이 성은준이 가든파티를 떠난 것에 대해 우려하고 있었으나, 도진은 단 한 번의 식사를 통해 그들의 우려를 앞으로에 대한 기대로 바꿔 버렸다.

초대권으로 식사를 하고 간 친한 셰프는 어디서 이런 인재를 발굴해 왔냐며, 도진에 대한 질투 어린 찬사를 남겼다.

그러니 자신의 선택이 옳았다는 것을 확인한 성은준의 입꼬리가 하늘을 찌르지 않고는 못 배길 일이었다.

그가 평소답지 않게 존댓말을 하며 도진에게 손을 내밀며 말했다.

"고생하셨습니다. 잘 부탁드립니다, 셰프님!"

"저야말로, 잘 부탁드립니다."

그에 도진이 웃음을 터트리며 대답했다.

굳건하게 손을 맞잡은 채 눈을 맞춘 두 사람의 얼굴에 떠오른 미소는 마치 데칼코마니 같았다.

※

도진의 파인다이닝 시식회에서 돌아온 김재혁은 그날 밤.

책상에 앉아 노트북을 켠 뒤, 옆에 놓여 있던 안경을 끼고 조심스레 키보드 위에 손을 올렸다.

"후우―."

오랜만에 직접 쓰는 칼럼이었지만 그의 손은 마치 물 만난 물고기처럼 키보드 위를 유영했다.

심호흡을 한 번 내쉰 그는 곧 쉴 틈 없이 손을 움직이기 시작했다.

마치 하나의 피아노곡을 연주하듯 멈추지 않고 키보드 위를 쏘다니던 그의 손가락은 이내 마지막 건반을 누르듯 가볍게 '엔터 키' 위에 착지했다.

그리고 몇 번의 달칵거리는 마우스 소리를 끝으로 잠자리에 든 김재혁은 후련한 표정을 한 채 단잠에 들었고…….

다음 날 아침.

그가 예약해 두었던 기사가 공개되었다.

[퓨전 한식 파인다이닝, 김도진. 그의 가능성에 대해. (1부)]

그의 기사는 단연 포털 메인의 검색어 1위를 장식했다.

요리와 미식에 관심이 있는 이들이라면 모두 한 번쯤은 근래에 뜨거운 감자 김도진에 대해 들어 본 적이 있을 것이다. 성공적으로 아틀리에의 시즌을 마무리한 뒤, 가든파티에서 행보를 이어 가는가 싶더니 갑작스럽게 자신의 파인다이닝을 오픈한다는 것을 알린 그는 앞으로 어떤 행보를 보일 것인지에 관해 모두의 귀추가 주목되어 있었다.

아직 성인이 채 되지도 않은 어린 셰프의 흔치 않은 파인다이닝이라니, 필자는 그야말로 김도진을 완전히 얕보고 있었다.

하지만 헤드 셰프 김도진은 이런 필자를 비웃기라도 하듯 오롯이 자신의 실력과 감각적인 센스를 이용해 우리 모두에게 너무나도 완벽한 식사를 대접했다.

잊을 수 없는, 영혼을 채워 주는 식사가 필요할 때에는, 그의 파인다이닝을 찾길 바란다. 2부는 그와의 인터뷰로 다시 찾아뵙겠다.

도진의 파인다이닝 오픈 당일.

김재혁의 기사가 공개되자 '손 수'는 뜨거운 감자 그 자체가 되었다.

물론 그의 기사 때문만은 아니었다.

시식회에 참석했던 이들의 많은 후기와 인증 사진. 그리고 지인들의 SNS 계정에 올라온 글들까지.

모두 감탄과 찬사가 넘쳐흘렀다.

개중에는 방송 활동을 많이 하는 유명 셰프는 물론이고 미식을 즐긴다는 연예인도 있었기에 화제가 될 수밖에 없는 노릇이었다.

그렇게 '김도진의 파인다이닝'에 관한 이야기는 온갖 커뮤니티에서 오르내리기 시작했고, 이내 사람들은 무언가 이상한 것을 느꼈다.

'어떻게 이렇게 모든 이들이 하나같이 칭찬만 할 수 있지?'

시식회에 다녀왔다는 사람들의 글은 모두 하나같이 좋은 내용의 글들뿐이었지만, 이제는 그 글의 진위를 의심하는 이들은 많지 않았다.

물론, 아예 없었던 것은 아니었다.

정식 오픈 당일은 정신없이 흘렀다.

모두가 주목했던 오픈 전 시식회의 반응은 뜨거웠고, 그로 인해 많은 이들이 좋은 테이블을 잡기 위해 끊임없이 전화를 해 댔다.

그뿐만이 아니었다.

손님들은 오픈 시간 전부터 가게 앞을 문전성시로 만들었다.

그 말인즉슨, 정말 쉴 틈 없이 바빴다는 말이었다.

하다못해 원래라면 브레이크 타임에는 직원들이 식사를 챙기고 다음 타임의 재료를 준비해야 하는 것이 마땅한데, 오늘은 예상했던 것보다 더 많은 손님이 몰려 재료 손질을 하느라 밥도 제대로 챙겨 먹지 못한 채 일해야만 했다.

도진은 고생한 직원들을 바라보며 말했다.

"다들 첫날이라 정신없으셨을 텐데, 고생 많으셨습니다. 얼른 퇴근들 하세요."

"고생하셨습니다, 셰프님!"

직원들은 다들 녹초가 되어 있음에도 불구하고 모두 성공적인 시즌 시작이 기쁜 듯, 환한 얼굴을 한 채 퇴근을 위해 자리를 떠났으나…….

그런 이들 사이.

유일하게 심각한 얼굴로 핸드폰을 바라보고 있던 이가 있었으니.

성은준이 도진을 향해 물었다.

"도진아, 그래서 김재혁 씨랑 인터뷰는 언제 하기로 했다고?"

"주말에 장사 끝나고 나서요."

"뭐? 그렇게 늦게 해?"

"제가 바쁘다니까 제 시간에 맞춰 준다던데요?"

"뭐? 그래도 되는 거야?"

성은준이 황당하다는 표정으로 도진을 바라보고 있었지만, 도진은 전혀 개의치 않은 듯한 표정이었다.

그리고 얼마 지나지 않아 찾아온 주말은 오픈 당일보다 더욱더 정신없이 바빴다.

휴일의 달콤함을 맛보기 위해서인지 가득 찬 예약은 물론이고 가게 밖으로 쭉 줄 서 있는 대기 손님까지 오늘따라 유독 많이 몰려 있었다.

덕분에 홀은 유난히 더 북적거리는 듯했고, 결국 도진은 브레이크 타임에도 쉬지 못한 채 런치 타임에 떨어진 재료들을 손질하고 채워 넣는 데에 시간을 할애해야만 했다.

디너도 별반 다르지 않았다.

대기 줄은 어느새 또 길어졌고, 예약 손님들은 모두 어찌나 빨리 왔는지 5분, 10분씩 미리 와서 자리를 안내받길 기다리고 있었다.

홀이 가득 찬 만큼 주방은 더 바빴다.

"후우-."

도진은 몰아치는 손님에 숨을 크게 내쉰 뒤, 다시금 쉴 틈 없이 출력되는 주문서를 크게 읽어 내려갔다.

"테이블 7번 연어 샐러드 하나, 관자 하나, 참나물 봉골레 파스타 하나!"

그의 말이 끝나기 무섭게 모든 주방 직원들은 큰 목소리로 '예! 셰프!'라며 대답했다.

한 사람의 목소리처럼 느껴질 정도로 일제히 대답하는 주방 직원들은 마치 잘 훈련된 군인처럼 느껴졌다.

도진은 들어온 주문이 나갈 순서를 눈으로 정리하며 그릴 파트의 *라인쿡(Line cook:파트별로 나누어져 있는 라인의 직접적인 요리를 하는 요리사)을 향해 물었다.

"6번 스테이크 마무리 얼마나 걸려요?"

"4분입니다!"

"오케이, 4분! 파스타 맞춰서 나갈 수 있게 준비해 주세요!"

"예, 셰프!"

이제 오픈 한 달 차에 접어든 만큼 손발이 착착 맞기 시작한 직원들과 도진은 짧은 몇 마디의 말로도 순식간에 주문을 쳐 낼 수 있게 되었다.

하지만 손님들도 그것을 아는지 프린터는 쉬지 않고 윙윙거리고 있었다.

주문과 주문 사이의 쉴 틈은 사라지고 하나의 주문이 출력되고 나면 기다리고 있었다는 듯 곧바로 다음 주문서가 출력됐다.

"6번 테이블 제외하고도 채끝 스테이크 총 3개 더 들어가야 하니까 미리 준비해 두세요. 2번, 3번 파스타 한꺼번에 나갈 거니까 지금 같이 들어가 주시면 될 것 같습니다. 그리고……."

도진은 흘러넘치는 주문서를 빠르게 눈을 흘기며 파악한 뒤 속도를 높이기 시작했다.

수 셰프인 성은준은 그의 옆에 서서 빠르게 패스(pass)로 오는 음식들을 쳐 내기 위해 접시를 꺼내 들고 플래이팅을 준비하며 도진을 보좌했다.

시간은 어느덧 9시 20분을 넘어가고 있었고 도진은 마지막 주문서임을 확인한 뒤 직원들을 향해 외쳤다.

"자, 오늘 라스트 오더! 테이블 12번 관자 하나, 수프 하나, 봄꽃 파스타 하나, 숄더렉 스테이크 하나입니다."

"예! 셰프!"

"10번 테이블 것까지 관자 두 개, 수프 하나 나가면서 숄더렉 들어가면 파스타 준비하겠습니다. 마지막이니까 조금만 더 힘냅시다!"

"예! 셰프!"

모든 전달을 마친 도진이 패스로 몸을 돌려 플레이팅을 대기 중인 접시들을 하나씩 처리해 나갔다.

값비싼 파인다이닝이니만큼 기대를 가지고 방문한 손님들을 위해 미세하고 세심한 손길로, 최대한 모든 손님에게 동일한 퀄리티의 음식을 대접하고 싶었기에 마지막까지 도진은 최선을 다했다.

"12번! 서비스!"

도진이 그릇의 테두리에 묻은 소스를 닦아 내며 외치자, 대기하고 있던 서버가 성큼성큼 다가와 접시를 들고는 목을 빼고 기다리는 손님들에게 향했다.

그 모습을 지켜보던 도진이 이마를 타고 흐르는 땀방울을 거친 손등으로 닦아 냈다.

'오늘도 무사히 하루가 갔군.'

이제 머지않아 돌아오는 빈 그릇들을 정리하고 주방을 청소하기만 하면 오늘의 일과가 끝날 예정이었다.

손님이 모두 나가지 않았기 때문에 시끄러운 마감 청소는 무리였지만 빠른 마감 청소를 위해 정리는 시간이 날 때 해 두는 게 좋았기에 도진은 일찌감치 주방 직원들에게 지시했다.

"다들 슬슬 자기 라인 마무리합시다! 고생 많았습니다."

그런 도진의 곁으로 다가온 성은준이 그를 향해 물었다.

"그래서, 김재혁 씨가 여기로 온다고? 오늘?"

그 물음에 도진이 시계를 힐끔 바라보았다.

22:14

김재혁과는 열 시 반쯤 만나기로 했기에 그 전까지는 빨리 마무리를 해야만 했다.

15분 정도면 충분히 정리를 할 수 있었기에 도진은 느긋하게 대답했다.

"열 시 반에 저희 가게로 오기로 했어요."

하지만 그 말에 정작 인터뷰 당사자인 도진보다 정신없이 움직이기 시작한 것은 성은준이었다.

"아니! 얼마 남지 않았잖아! 뭐 웰컴 푸드 같은 거라도 준비해야 하나? 어떡하지?"

"형, 왜 그렇게 당황해요? 진정 좀 해 봐요."

도진은 성은준을 진정시키기 위해 노력했지만, 그는 쉬이 진정하지 못했다.

"아니, 어떻게 진정할 수가 있어! 무려 그 김재혁이라니까?"

도무지 이해할 수가 없었다.

'그 김재혁이라니?'

성은준이 왜 이렇게 당황하며 우왕좌왕하는지 알 수 없었던 도진은 그에게 조심스럽게 물었다.

"그 김재혁이 도대체 어떤 사람이길래 그렇게 호들갑이에요?"

부산스레 주방을 돌아다니며 웰컴 푸드랍시고 이것저것 담고 있던 성은준이 그 자리에 멈춰 고개를 돌려 도진을 바라보았다.

"너…… 정말 몰라서 물어보는 거야?"

경악한 얼굴의 성은준에 도진은 더욱 알 수 없는 표정이 되었다.

손 수 (1)

성은준은 놀라 자빠질 것만 같았다.

'그 김재혁이 인터뷰라니, 지금 이게 진짜인가?'

처음 시식회 당일 도진이 손님에게 불려 간 뒤, 시간이 조금 지났음에도 돌아오지 않는 도진이 걱정되어 홀로 향했었다.

그리고 저 안쪽 창가의 테이블에 보이는 도진의 뒷모습에 부리나케 빠른 걸음으로 그곳으로 향했다.

성은준은 이윽고 도진의 너머에 보이는 어쩐지 익숙한 얼굴에 눈을 찌푸리며 살폈다.

'혹시……?'

성큼성큼 발걸음을 옮기던 성은준은 점차 테이블이 가까

워질수록 혹시나 하는 그 의심은 확신이 되었고.

"인터뷰, 가능합니까?"

귓가에 들리는 그의 목소리에 저도 모르게 놀라 소리칠 수밖에 없었다.

"예? 인터뷰요?"

성은준은 자신도 모르는 사이 덜컥 나온 말에 놀라 두 손으로 입을 틀어막았다.

'맙소사, 김재혁. 김재혁이 인터뷰를…….'

하지만 이미 입 밖으로 나와 버린 말을 주워 담을 수는 없었다.

김재혁과 도진의 눈이 동시에 성은준을 향했다.

자신을 바라보는 두 쌍의 눈동자에 머쓱하게 웃은 성은준이 김재혁에게 알은체를 하며 인사를 건넸다.

"안녕하십니까! '손 수'의 수 셰프 성은준입니다. 김재혁 이사님 맞으시죠?"

"아, 맞습니다. '데일리 칼럼'의 김재혁입니다. 젊은 친구가 어떻게 저를 아는지…….."

"어릴 때 이사님이 쓰신 요리 칼럼 자주 봤습니다! 라디오랑 방송 진행하셨던 것도 챙겨 봤었고요. 집에 책도 있어요! 팬입니다."

"그런가요? 감사합니다."

김재혁은 자신을 알아보는 성은준이 부담스러운 듯 도진

에게 명함을 주고는 급히 자리를 옮겼다.

당시에도 성은준은 자신이 보고 들은 게 정말 맞는지 몇 번이고 도진에게 되물었다.

"진짜로? 김재혁이 인터뷰하재? 정말?"

"네, 진짜로요. 형, 그만 좀 달라 붙어요. 더워요."

물론 도진은 김재혁이 누군지 몰랐기에 온갖 호들갑을 떠는 성은준을 도저히 이해할 수 없다는 표정으로 바라보았다.

그럴 수 있었다.

도진과 성은준의 나이 차이는 일곱 살이었다.

그리 많이 차이가 나는 것은 아니었지만, 그렇다고 그렇게 적게 차이가 나는 것도 아니었다.

그렇기에 충분히 김재혁이 어떤 사람인지에 대해 잘 모를 수 있었다.

김재혁은 성은준이 이제 막 중학교에 올라갔을 무렵 가장 활발하게 활동하던 컬럼가였다.

그냥 시장 순대국부터 시작해서 다양한 맛집들을 소개하는 것은 물론이고, 본인이 직접 요리를 해 보거나 관심을 가지지 않으면 알 수 없는 수많은 요리 지식.

그리고 다양한 나라의 요리와 유명한 셰프들, 그리고 그들의 일화를 소개하곤 했던 김재혁은 그야말로 당시에는 독보적인 인물이었다.

어린 성은준이 처음 그가 요리를 접하던 순간부터 진로에 대한 고민을 하던 그 순간까지.

그의 중고등학교 시절에는 모두 김재혁이 스며들어 있었다.

'진짜 좋아했었는데.'

그런 인물이 지금 자신이 함께 일하고 있는 파인다이닝과 헤드 셰프인 도진에게 인터뷰를 요청하다니.

정말이지 믿을 수 없는 일이었다.

그리고 인터뷰 당사자인 도진보다 성은준이 더 기대하고 고대하던 인터뷰 당일.

김재혁이 칼럼을 올린 다음 날.

정말 오랜만에 그가 직접 올린 칼럼을 본 많은 이들이 도진의 파인다이닝에 대해 궁금해했다.

그럴 수밖에 없었다.

평가가 매우 짠 김재혁이 이렇게 어리고 젊은 셰프에 대한 호평이라니.

'아무리 김도진이라지만 김재혁까지 이렇게 말할 수가 있나? 그리고……'

칼럼의 가장 마지막 줄.

언제나 다음 칼럼에 대한 예고를 남기던 그가 남긴 한마디.

'2부는 인터뷰로 찾아뵙겠습니다.'

그 말은 즉슨.

1부로는 도진의 파인다이닝에 대해 모두 담을 수 없다는 뜻이나 마찬가지였기 때문이다.

사람들은 가게의 이름조차 나오지 않은 파인다이닝이었지만, 김재혁의 극찬에 평소에는 댓글을 달지 않았던 이들마저 머릿속에 떠오른 물음표를 참지 못하고 물어볼 지경이었다.

└그래서 김도진이 오픈한 파인다이닝 이름이 뭐라고?

└갑자기 웬 칼럼? 본부장 되고 나서 이제 글은 안 쓰는 거 아니었나?

└와, 김도진 진짜 대단하다. 그 김재혁한테 이렇게 호평을 받을 수가 있구나.

└이거 김도진이 돈 주고 쓰라 그런 거 아니야?

여론은 반반으로 나뉘었다.

너무 오랜만에 그의 이름으로 올라온 칼럼이었던 탓있까?

많은 이들이 그 부분에 대해 의심을 하며 도진이, 또는 그에게 투자를 했다는 소문이 도는 누군가가 시켜서 이런 칼럼을 쓰라고 했다는 의혹을 제기하는 이들도 있었다.

그런 와중에도 과연 다음 칼럼의 인터뷰는 언제쯤 올라올 것인가에 대한 의견이 분분한 가운데.

해당 칼럼이 올라왔던 주의 주말 정신없이 흘러갔던 하루를 뒤로한 도진은 아무것도 모른 채 김재혁과의 인터뷰를 준비하고 있었다.

다른 이들은 먼저 퇴근시키고는 느긋하게 사무실에서 서류를 정리한 뒤.

주방으로 다시 돌아온 도진을 반기고 있는 건 다름 아닌 어찌해야 할 줄 모른 채 굳어 있는 성은준이었다.

"형, 왜 그러고 있어요?"

성은준은 평소와 다르게 한껏 굳은 채 도진이 부르는 소리에도 꿈쩍 않고 멍하니 입을 벌리고는 홀을 바라보고 있었다.

그리고 정작 도진이 궁금해하던 질문의 답은 다른 곳에서 나왔다.

"셰프님, 손님이 좀 일찍 오셨어요!"

옷을 갈아 입고는 퇴근을 하기 위해 준비를 하던 막내는 굳어 있는 성은준의 옆구리를 찌르며 도진에게 말했다.

"도대체 밖에 있는 사람이 누구길래 수 셰프가 이렇게 굳어 있는 거예요?"

"아, 김재혁 씨요."

"김재혁? 그게 누군데요?"

"저도 잘은 모릅니다만, 수 셰프가 이렇게 반응할 만큼 유

천재셰프
회귀하다

명한 사람인 건 확실한 것 같네요."

두 사람의 대화를 듣고 있던 성은준은 그제야 정신을 차리고는 답답한 듯 가슴을 치며 말했다.

"아니, 진짜 어떻게 김재혁을 모를 수 있지? 진짜 유명했는데! 이게, 이게 세대 차이라는 건가? 내가 그렇게 나이를, 어느새……."

아직은 긴장을 풀지 못한 듯 여전히 횡설수설하던 성은준이 그의 칼럼을 보여 주며 마치 아버지에게 칭찬받은 여덟 살짜리 꼬마 아이처럼 들떠 이것저것 말하기 시작했다.

"지금 우리나라에서 가장 유명한 미식 칼럼 잡지를 만든 사람이 이 사람이라니까. 그리고 이분이 직접 인터뷰한 사람들 중에는 프렌치 요리의 대부라고 불리는……."

"알겠어요. 일단 진정해요. 형."

"아, 왜! 아직 덜 끝났는데……."

자신의 말에 잔뜩 울상을 지은 성은준의 모습에 웃음을 터트린 도진이 그를 토닥였다.

"오셨다면서요. 홀에서 기다리고 계신 거 아니에요?"

"헉. 맞아! 아, 어떡하지? 아까 내가 담아 둔 웰컴 푸드가……."

도진이 일깨운 현실에 성은준은 그가 기다리고 있다는 사실을 깨닫고는 급히 담아 두었던 쁘띠푸가 담긴 접시를 가지고는 김재혁이 앉아 있는 홀의 자리로 향했다.

그 모습에 도진이 고개를 절레절레 저으며 한숨을 푹 내쉬었다.

'그리도 좋을까.'

여러 교육 방송을 통해 요리를 가르치던 성은준은 아줌마들의 아이돌로 등극했지만.

지금 이 모습을 보아하자니 성은준의 아이돌은 김재혁이 확실해 보였다.

도진은 겨우 웃음을 참고 있던 막내에게 말했다.

"늦었으니까 얼른 들어가 봐요. 내일도 출근해야죠."

"아, 넵! 내일 뵙겠습니다, 셰프!"

주방 막내를 돌려보낸 도진은 그제야 홀로 향했고, 이내 당황한 채 이러지도 저러지도 못하는 김재혁과, 잔뜩 들뜬 얼굴로 호들갑을 떨고 있는 성은준을 발견할 수 있었다.

"선생님, 혹시 제가 책을 가지고 오면 사인 좀 해 주실 수 있나요? 진짜 인터뷰하는 사이에 후다닥 갔다 오면 될 것 같은데! 네?"

"그, 일단 좀 떨어져서……."

주방에서는 그렇게 긴장을 하고 있던 성은준이 마치 물 만난 물고기처럼 떠들고 있는 모습에 웃음을 터트린 도진이 목을 가다듬고 김재혁에게 물었다.

"안녕하세요. 많이 기다리셨죠? 호칭은 저도 선생님으로 통일하면 될까요?"

그제야 도진을 발견한 듯한 김재혁이 한숨 덜었다는 듯한 표정으로 말했다.

　　"아, 그리 오래 기다리진 않았습니다. 제가 좀 빨리 왔죠. 호칭은 편하신 대로 불러 주세요."

　　"그럼, 인터뷰 진행하기 전에 뭐 마실 거라도 한잔하시겠어요?"

　　"저야 그럼 감사하죠."

　　"커피랑 티 중에 어떤게 좋으신가요?"

　　도진의 말에 잠시 고민하던 김재혁이 이내 대답했다.

　　"티로 부탁드립니다."

　　그의 대답에 도진은 기다렸다는 듯이 자신의 옆에 앉아 김재혁을 뚫어져라 바라보던 성은준에게 말했다.

　　"형, 선생님이 티 드시고 싶대요. 부탁해요."

　　"이? 어어! 알겠어. 따뜻한 거랑 시원한 거 중에 어떤 게 좋으세요?"

　　"전 시원하게 부탁드립니다."

　　"네! 금방 다녀올게요!"

　　성은준은 김재혁이 말이 채 끝나기도 전에 주방으로 달려갔고, 그가 그 모습을 멍하니 쳐다보았다.

　　진이 다 빠진 얼굴이었다.

　　도진이 머쓱하게 웃으며 김재혁에게 말했다.

　　"죄송해요. 형이 선생님을 좀 많이 좋아하는 것 같더라고요."

"아닙니다. 괜찮습니다. 아직도 이렇게 저를 좋아해 주는 친구가 있을 줄은 몰랐네요."

"형이 좀 순수한 데가 있죠."

급히 성은준을 포장한 도진이 자연스럽게 웃으며 말을 이었다.

"그럼 이제, 인터뷰 시작해 볼까요?"

성은준이 자리를 비워 조용해진 홀에서 인터뷰를 시작한 도진은 그제야 김재혁을 자세히 살필 수 있었다.

홀 테이블 한편에 앉아 있는 김재혁은 허리를 꼿꼿하게 편 채 바른 자세를 하고 있었다.

조심스레 그를 살핀 도진은 깐깐해 보이는 그의 이미지에 어쩐지 쉽지 않을 것만 같은 느낌이었지만 막상 대화를 하기 시작한 그는 생각보다 부드러운 느낌을 주었다.

"그럼 셰프님이 퓨전 한식 파인다이닝을 오픈하고자 했던 이유는 무엇입니까?"

"이런저런 경험을 통해 접하게 된 한식이 정말 매력적이기 때문입니다. 저는 그런 한식이라는 것 자체뿐만 아니라 그런 경험 또한 나누고 싶었기 때문에 이렇게 퓨전 파인다이닝을

천재셰프
회귀하다

오픈하게 되었습니다."

그의 질문에 성심성의껏 대답을 하면서도 도진은 그를 관찰하는 것을 멈추지 않았다.

정면으로 마주한 그는 조금 퀭한 눈에 호리호리한 체형이 눈에 띄는 사람이었다.

하루에 한 끼도 겨우 먹을 것 같은 이미지라 그런 것일까.

도진은 자신의 눈앞에 앉아 녹음기를 켜고는 타이핑을 하고 있는 김재혁의 빼빼 마른 손을 보며 생각했다.

'도무지 맛을 즐기는 사람처럼 보이지는 않는데.'

음식은 살기 위해 어쩔 수 없이 먹을 것만 같은 그가 미식을 즐긴다니.

믿을 수가 없는 노릇이었지만 성은준이 이렇게나 진심으로 그를 대할 정도라면 분명 이쪽에 일가견이 있는 사람일 게 분명했다.

도진이 자신을 찬찬히 살피는 줄은 꿈에도 모른 채 노트북을 뚫어져라 보며 타자를 치던 그가 인터뷰를 위해 준비한 질문지를 힐끔거리며 다음 질문을 던졌다.

"그럼 다음 질문 하겠습니다. 가게의 이름에 대해서 여쭙고 싶은데요. 왜 '손 수'인가요?"

"아."

도진이 기다리고 기다리던 질문이었다.

"손 수. 제가 표현하고자 하는 것이 모두 담겨 있었기 때문에 그렇게 지었습니다."

말 그대로였다.

몇 날, 며칠을 고민했지만 이보다 더 잘 어울리는 이름은
없었다.

처음 오픈을 준비하며 도진이 가장 고민했던 것은 바로 이
한옥의 멋을 어떻게 살릴 수 있을까였다.

김 회장이 투자하겠다며 이 한옥에 대한 말을 꺼냈을 때,
정말 놀랐지만 도진은 그것이 기회라고 생각했다.

그동안 구상했던 매장의 인테리어와는 전혀 다른 공간이
되었지만, 오히려 자신이 하려고 했던 요리와는 더욱 분위기
가 맞아떨어졌기 때문이다.

그렇게 모든 공간을 구상하고, 재구성하며 도진은 이 공간
의 이름을 어떻게 해야 할지 고민에 빠졌다.

원래 도진이 생각했던 이름은 영어였다.

'mingle'

밍글이라고 발음하는 이 하나의 영어 단어는 '섞이다.', '어
우러지다.' 등의 뜻을 가지고 있었고, 그것은 도진이 보여 주

려는 가게의 이미지와도 잘 맞아떨어졌다.

하지만 아무리 생각해 봐도 지금 이곳과는 어울리지 않았다.

모든 인테리어가 끝난 뒤, 마지막으로 원래 생각했던 디자인의 간판을 걸어 봤을 때도 도무지 어색했다.

그래서 오픈을 일주일 앞둔 시점, 도진은 결단을 내릴 수밖에 없었다.

"이름, 바꿉시다."

"뭐? 인제 와서?"

"아무리 봐도 마음에 안 들어요."

도진의 선언에 다른 직원들은 물론 성은준까지 걱정이 앞선 표정을 했다.

당장 오픈이 일주일밖에 남지 않았는데, 이제야 갑자기 이름을 바꾸고 간판을 새로 만든다니.

"시간이 너무 촉박하지 않아? 뭐로 바꿀지는 생각해 봤고?"

그 말에 도진이 미소를 띠며 성은준에게 말했다.

"그걸 이제 한번 결정해 볼까요?"

그렇게 회의에 들어간 직원들은 정말 온갖 단어들을 떠올렸다.

영어부터 시작해 다양한 언어로도 떠올려 보고 결국 끝에는 완전히 심플한 의견까지 나왔다.

"이럴 거면 그냥 눈에 보이는 대로 아예 '한옥집' 뭐 그런 거로 가든가."

길어지는 회의에 잔뜩 지친 성은준의 말에 웃음을 터트린 한 직원이 장난기가 가득한 목소리로 말했다.

"그럼 '한정식'은 어때요? 이태리 장인이 손 수 한 땀 한 땀 직접 만든……."

그때였다.

"그거 좋은데?"

어떤 이름을 가지고 와도 뜨뜻미지근한 반응을 보이던 도진이었다.

한참을 직원들의 말을 들으며 고개를 처박고 종이에 뭔가를 끄적거리던 그가 처음으로 반응을 보인 게 '한정식'이라니.

직원들은 어쩐지 허탈한 마음이 되었다.

말을 꺼낸 직원 또한 당황스러운 표정을 숨기지 못한 채 도진을 보며 다시금 물었다.

"네? 괜찮, 괜찮아요? 뭐가요?"

"아까 승주 씨가 말한 거요. 진짜 괜찮은 것 같은데……."

"에이, 셰프님, 저희가 너무 오래 떠들어서 지금 잠시 판단력이 흐려진 것 같은데 좀 쉬었다가 다시……."

도진이 '승주 씨'라고 지칭한 직원은 자신의 장난 섞인 한마디가 설마 이런 호평을 얻을 것이라고는 생각지도 못한 듯 당황한 얼굴을 하고 있었다.

하지만 도진은 정말 마음에 들었다는 듯 머릿속으로 되뇌는 듯하더니, 말을 꺼냈다.

"아니에요. 정말 괜찮아요. 저는 맘에 드는데요."

그 말에 직원은 기겁하며 말했다.

"아니, 셰프님 진짜 이건 제가 아무 말이나 한 건데! 괜찮으면 안 되는데요! '한정식'은 너무 성의 없어 보이잖아요!"

"예? 한정식요?"

"예? 그게 아니에요?"

두 사람은 어리둥절한 표정을 하고 서로를 마주 보았다.

서로 이해할 수 없다는 표정이었다.

"그게 아니었어요? 그러면 뭐예요?"

"저는 '손 수'를 말한 건데요?"

"예?"

"예."

서로의 소통에 오류가 있었다는 것을 깨달은 도진이 웃음을 터트리며 말했다.

"'손 수'가 좋다는 말이었습니다."

"네? '손 수'요?"

직원은 도무지 이해할 수 없다는 표정이었지만.

도진은 정말 그게 마음에 들었다.

손 수.

머릿속에 빠르게 간판의 디자인까지 떠올랐음은 두말할 것 없었다.

심플한 정사각형의 베이지 톤 간판.

손을 뜻하는 한자 수(手).

그 밑에는 영어로 son su.

은은하게 불도 나오면 더욱 좋을 것 같았다.

일찌감치 간판 디자인을 구상하고 있던 도진을 현실로 끌어당긴 것은 성은준이었다.

"근데 왜 '손 수'가 맘에 든 거야?"

"뜻이 마음에 들어요. 다양한데, 그게 다 잘 어울려서."

"뜻?"

고개를 갸웃하며 물어보는 성은준에게 도진이 대답했다.

이유는 사실 여러 가지였다.

'손 수'의 여러 뜻 중 다른 사람의 힘을 빌리지 않고 제 손으로 직접 한다는 의미도 좋았고, 발음하기 쉽다는 것도 마음에 들었다.

그리고 그 단어가 가장 마음에 들었던 이유는.

"손이 없으면 아무것도 못 하잖아요."

도진은 자신의 손을 내려다보고 있었다.

그 위로 울긋불긋한 화상 자국이 얼핏 겹쳐 보였지만, 눈을 깜빡이는 순간.

주방을 들락거리며 어느새 투박해진 자신의 손이 보였다.

그렇게 도진의 파인다이닝의 이름은 '손 수'가 되었다.

그 외에도 김재혁의 질문은 끝없이 이어졌다.

요리는 전문적으로 배운 것이냐.

가족 관계는 어떻게 되는가.

또 앞으로 계속 요리를 할 것인가.

프로그램에 출연하게 된 계기는 무엇인가.

어찌 보면 지극히 사적인 질문들이었다.

그럼에도 도진은 성실하게 답변했고, 그 모습에 김재혁이 감탄했다.

"조금 사적인 질문일 수도 있는데, 이렇게 다 대답해 주셔도 됩니까?"

"그럼요, 저는 선생님 믿습니다."

"뭘 보고요?"

"일단 김 회장님 초대로 시식회에 와 주셨었잖아요. 게다가 은준이 형이 이렇게나 팬이기도 하고."

그 말에 양심이 찔린 김재혁이 머쓱하게 웃어 보였다.

처음 김 회장의 초대로 시식회에 오게 된 그는 도진의 요리를 맛보기 전에는 편견에 휩싸여 있었다.

사실 김재혁은 원래 인터뷰 시간보다 훨씬 이른 시간에 가게에 도착해 있었다.

평소 도진의 모습을 조금 관찰하고 싶었기 때문이다.

정신없이 돌아가던 주방은 언제 그렇게 시끄러웠냐는 듯 조용했다.

마치 언제 사용했었냐는 듯 모든 스테인리스 식기류는 반짝거리며 빛나고 있었고, 스틸 냄비와 팬은 각 스테이션마다 자기가 있어야 할 곳에 정렬되어 있었다.

김재혁은 조용한 이 주방이 불과 몇 시간 전, 전쟁터를 방불케 했던 그 공간과 같은 곳인지 의심이 들었다.

같은 것이라고는 단 하나, 여전히 패스 앞에 서 있는 도진의 모습이었다.

그는 패스 위에 이런저런 서류들을 잔뜩 늘어놓은 도진을 바라보았다.

모두 퇴근한 시간인 데도 홀로 남아 수 셰프에게 받은 자료를 훑어보고 있는 이 어린 셰프는 모든 일이 너무 능숙했다.

서류를 확인하는 모습은 물론이고, 주방의 최전선에서 진두지휘하던 그의 모습은 마치 오랜 세월 전쟁터를 휘어잡으며 승전보를 올리는 게 익숙한 대장군처럼 느껴졌다.

'나이에 맞지 않는 카리스마에 통솔력까지, 도대체 어디서 이런 인물이 튀어나온 거지?'

주방에서의 그런 그를 지켜본 뒤.

인터뷰를 진행하면 할수록 김도진이라는 인물에 대해서

새롭게 보게 되는 듯했다.

　김재혁은 그리고 끝내 인정할 수밖에 없었다.

　'이놈은 난놈이다.'

　공항에 들어선 김우진은 캐리어를 들고 있는 한 남성을 배웅하고 있었다.

　"한국 방문 일정은 좀 마음에 드셨습니까?"

　"그럼요. 너무 좋았어요."

　"김 셰프님이 좋으셨다니 다행이네요."

　그가 배웅하고 있는 사람은 다름 아닌 이번 도진의 파인다이닝 시식회에 데리고 왔던 외국에서 활동하고 있는 김선웅 셰프였다.

　그는 김우진에게는 인생의 터닝 포인트라고 할 만한 인물이었다.

　모든 일에 지치고 떠나고 싶을 때, 도피하듯 떠난 해외여행에서 우연히 그의 식당을 방문하게 되었다.

　그곳은 특별한 것은 없었지만, 북적이고 있었다.

　김우진은 그곳에서 먹은 그의 요리를 절대 잊을 수 없었다.

　그는 그렇게 다시금 한국으로 돌아와, 한 번 더 달릴 수 있는 힘을 얻었다.

그렇다면 그런 요리를 만든 김선웅 셰프는 어떤 사람인가?

그는 어린 시절 이탈리아로 유학을 떠나 광고와 마케팅을 전공하고, 그 능력을 인정받아 쉽지 않은 문턱을 척척 넘어서며 성공 가도를 달렸다.

이탈리아에서 가장 큰 광고 마케팅 회사인 트리버에 취업해서 20대가 저물기 전에 유일한 아시아인이자, 최연소 팀장이라는 타이틀을 거머쥐었다.

"20대 중반의 저는 마치 폭주 기관차와 같았어요. 성공 궤도를 달리고 있었고, 그걸 즐겼죠. 그러다 보니 점점 제 삶이 팍팍해지더군요."

그가 스물여섯 살이 되던 해였다.

처음으로 미식을 접했다.

밀라노의 파인다이닝에서의 한 끼 식사.

그 식사가.

그의 인생을 송두리째 바꿔 버렸다.

"인스턴트 음식으로 끼니를 때우고, 일에 치여 살고. 그러다 거래처의 호의로 방문하게 된 파인다이닝에서 깨달았어요. 지금 제 삶에 필요한 건 이거구나. 그렇게 요리를 시작하게 됐죠."

이미 보장된 성공의 길을 뿌리친 채 요리에 대한 매력을 느낀 그는 가지고 있던 모든 것을 포기한 것이다.

다시금 바닥부터 시작했다.

아무것도 모르는 채로 그저 요리에 대한 열망으로 유명한 맛집을 돌아다니며 레시피를 분석했고…….

능숙하게 생선을 손질하고 싶다는 일념 하나로 매일 17시간씩 몇 달을 연습했던 일화는 모르는 이가 없을 지경이었다.

그렇게 아무것도 모르던 햇병아리 요리사는 어느새 미슐랭 별 세 개 파인다이닝의 수석 주방장 자리에 올라 있었다던가?

그의 성공 신화는 유명했다.

요리사를 꿈꾸는 사람이라면 모르는 사람이 없을 정도로.

많은 이들에게 늦은 시작은 없다는 희망을 품게 해 주었다.

자, 그럼, 이쯤에서 도대체 그가 어쩌다 한국에 방문하게 된 것이었을까?

처음은 그저 평범한 모국의 여행이었다.

다만, 김우진의 식사 대접으로 인해 그 여행에 본업이 조금 끼어들었다.

"혹시, 김도진 씨한테 따로 연락할 방법이 있나요?"

"네?"

"개인적으로 좀 마음에 들어서요. 따로 대화를 해 보고 싶은데 일정이 여유롭지가 못 해서 아쉽네요."

그의 얼굴에는 정말 아쉬움이 떠 있었다.

그 모습에 김우진이 쾌재를 불렀다. 자신이 예상한 대로 되었기 때문이다.

그는.

국내에서 활동을 한 적이 아예 없다.

말인즉슨.

그의 요리에 대한 정보는 극히 제한적이다.

이탈리아에서 꾸준히 요리를 해 왔고, 자신의 레스토랑 또한 현지에 오픈했다.

김우진이 이런 그에게 도진의 요리를 꼭 대접하고 싶었던 이유는 다름 아닌 그도 퓨전 한식을 주로 해서 요리하고 있었기 때문이다.

언젠가 그의 파인다이닝에 방문했을 때.

그가 김우진에게 말한 적이 있었다.

"분명 퓨전 한식인데, 왜 한국에는 이런 곳이 없을까요?"

"있긴 합니다만, 아직 두각을 나타내는 곳이 없을 뿐입니다."

"정말인가요? 있다면 꼭 먹어 보고 싶습니다."

그가 국내에 들어온다고 했을 때, 마침 도진이 새로운 파인다이닝을 오픈한다는 말을 했고.

그 메뉴의 리스트업을 들어 보아 하니 누구보다 김선웅이 좋아할 만한 메뉴들이었다.

맛은 두말할 것 없었다.

그렇기에 정식 오픈을 당길 수는 없어도, 시식회라도 열어 그에게 맛보여 주고 싶었다.

한국에도 이렇게 훌륭한 셰프가 있다는 것을.

그리고 김선웅이 도진의 연락처를 물어본 순간, 자신이 생각했던 것이 맞은 듯해서 미소를 지었다.

"식사가 꽤나 마음에 드셨나 봅니다."

그 말에 김선웅이 미소를 지으며 대답했다.

"네, 상당히 흥미롭더군요. 좀 더 대화를 나눠 보고 싶습니다."

그의 눈빛에는 흥미가 가득해 보였다.

다음 권으로 이어집니다

송장벌레 신무협 장편소설

귀신같은 창귀槍鬼가 돌아왔다,
때 묻지 않은 어린 시절의 몸으로!

피로 몸을 씻던 전장의 말단 독종
구르고 굴러 지고의 경지까지 올랐으나……

혈교의 혈겁을 막기 위한 회귀인가
의형제의 복수를 위한 회귀인가
알 수 없다
전생에서 그를 막던 모든 것을 치울 뿐

"내 의형의 가슴팍을 칼로 도려내기도 했고?"
"무, 무슨 소리야…… 그런 적 없어!"
"그런 적 있어. 기억은 안 나겠지만."

매 걸음마다 피도 눈물도 없는 전투
세상 모든 것이 그를 꺾으려 든다!

사령왕 카르나크

임경배 판타지 장편소설

『권왕전생』『이계 검왕 생존기』의 작가 임경배 신작!
죽음의 지배자, 사령왕 카르나크의 회귀 개과천선(?)기!

세계를 발밑에 둔 지 어언 100년
욕망도 감각도 없이 무심히 흘러가는 세월 속에서
결국 최후의 수단으로 회귀를 결심한 사령왕 카르나크!

충성스러운 심복, 데스 나이트 바로스와 함께
막 사령술에 입문한 때로 회귀하는 데 성공!
한 맺힌 먹방을 만끽하는 것도 잠시
뭔가 세상이…… 내가 알던 것과 좀 다르다?

세계의 절대 악은 아직 아무 짓도 하지 않았는데
멸망을 향해 미친 듯이 달려가는 이 세상
저 악의 축들을 저지해야 한다,
인간답게(!) 잘 먹고 잘 살기 위해서는!

꿈의 도약, 로크에서 하십시오
(주)로크미디어에서 신인 작가를 모십니다

즐거운 세상, (주)로크미디어는 꿈을 사랑하고 도전을 두려워하지 않는 작가분들의 참신한 작품을 기다리고 있습니다. 21세기 장르 문학계를 이끌어 갈 차세대 선두 주자 (주)로크미디어에서 여러분의 나래를 활짝 펴 보시길 바랍니다.

모집 분야 판타지와 무협을 포함한 장르 문학
모집 대상 아마추어 작가, 인터넷 작가
모집 기한 수시 모집

작품 접수 시 유의 사항

1. 파일명은 작가명_작품명.hwp 형식을 갖춰 주십시오.
1. 파일에 들어갈 내용은 다음과 같습니다.
    - 성명(필명인 경우 실명을 밝혀 주세요), 연락처, 이메일 주소.
    - 제목, 기획 의도.
    - A4용지 1장 분량의 등장인물 소개.
    - A4용지 2장 분량의 전체 줄거리.
    - 본문.
1. 작품이 인터넷에 연재되고 있다면, 게시판명과 사이트의 구체적이고 정확한 주소를 기재해 주십시오.

선택된 작품은 정식 계약 후 출판물로 간행되어 전국 서점에 유통됩니다.
작가분은 (주)로크미디어의 전폭적인 지원하에 전속 작가로 활동하시게 됩니다.
※ 자세한 내용은 로크미디어 홈페이지(rokmedia.com)를 참조하세요.

(04167)서울시 마포구 마포대로 45 일진빌딩 6층
(주)로크미디어 편집부 신간 기획 담당자 앞
전화 : 02)3273-5135
www.rokmedia.com   이메일 : rokmedia@empas.com